日宁词

Rining Ci

杨 东 著

谱依《钦定词谱》

韵循《词林正韵》

百花洲文艺出版社

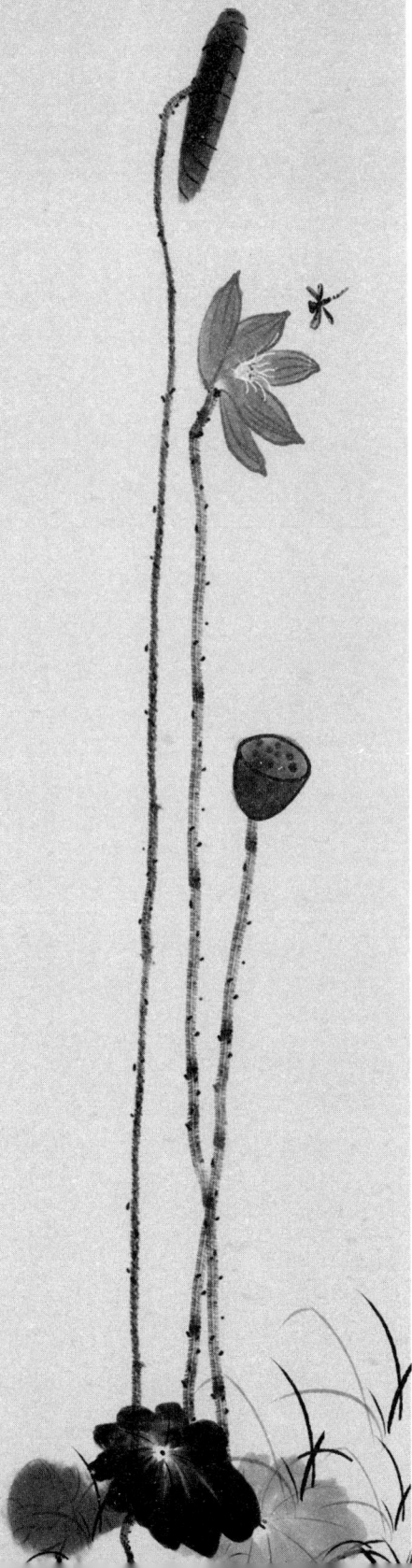

图书在版编目(CIP)数据

　　日宁词 / 杨东著. -- 南昌 : 百花洲文艺出版社,
2022.1
　　ISBN 978-7-5500-4598-9

　　Ⅰ.①日… Ⅱ.①杨… Ⅲ.①古典诗歌-作品集-中
国-当代 Ⅳ.①I227

　　中国版本图书馆 CIP 数据核字(2021)第 279982 号

日宁词　　杨东　著

Rining　Ci

责任编辑	杨　旭	
特约编辑	张立云	
装帧设计	潇湘悦读	
出 版 者	百花洲文艺出版社	
社　　址	南昌市红谷滩新区世贸路 898 号博能中心一期 A 座 20 楼	
电　　话	0791-86895108(发行热线)0791-86894717(编辑热线)	
邮　　编	330038	
经　　销	全国新华书店	
印　　刷	长沙市精宏印务有限公司	
开　　本	889 毫米×1194 毫米　　1/16	
印　　张	15	
版　　次	2022 年 1 月第 1 版第 1 次印刷	
字　　数	120 千字	
书　　号	ISBN 978-7-5500-4598-9	
定　　价	78.00 元	

赣版权登字　　05-2022-10

网　　址　http://www.bhzwy.com
图书若有印装错误,影响阅读,可向承印厂联系调换

序

●

杨东，又名杨日宁，故词作《日宁词》。
谱依《钦定词谱》，韵循《词林正韵》。逐日
依谱填词，集腋成裘而成。

不足之处，还望方家不吝斧正。

RI
NING
CI

日
宁
词

目录 ◉

卷一

卷二

卷三

卷四

卷五

卷六

卷七

卷八

山北山南绿绕，
院前院后花红。
禅寺天王日月，
佛香长伴清风。

RI
NING
CI

日
宁
词

———————

卷
一
◉

竹枝 (皇甫松体 1)

窗前晚照，一池莲。观花拜月，挟书眠。

竹枝 (皇甫松体 2)

池中浮萍，坝上杏。白莲碧树，鱼相映。

竹枝·拍客 (孙光宪体)

彤云深处，杏花林。曲径无人，数鸟禽。行色匆匆，天欲暮。捕光追影，正倾心。

归字谣·九九 (张孝祥体)

归。淡淡秋风叶正飞。重阳日，携老乐朝晖。

渔父引·西湖 (顾况体)

烟雨楼头月亭，接天碧叶潮平，苏堤越女仃俜。

闲中好·拍客 (段成式体)

闲中好，尘务不劳形。摄影人间趣，还追天上星。

闲中好·网民 (郑符体)

闲中好，琐事无烦恼。坐读屏上书，闲淘网中宝 。

纥那曲·扬州 (刘禹锡体)

秋近又飘零，纥那琴笛听。扬州一回顾，烟柳渡头亭。

拜新月·行摄 （李端体）

松前见新月，举镜似相拜。妙景人自欢，采风黄洋界。

梧桐影 （吕岩体）

秋雨斜，金风冷。诸子奔波胡不归，闾翁倚老梧桐影。

罗唝曲 （又名《望夫歌》）·东山妇之一 （刘采春体1）

那夜抓丁去，阿谁怜影孤。倚礁憎海峡，无故阻吾夫。

罗唝曲 （又名《望夫歌》）·东山妇之二 （刘采春体2）

梦哭湿长缨，蕉窗夜雨情。闲愁妾有恨，都作海涛声。

罗唝曲（又名《望夫歌》）·东山妇之三 （刘采春体3）

闲向蕉窗对短檠，飘零半世数卿卿。秋冷红叶遗残梦，十万诗篇炽恨成。

醉妆词·采莲 （王衍体）

这边采，那边采，粉蝶田田猥。那边采，这边采，戏入莲歌海。

庆宣和（亦名《叶儿乐府》）·幽谷 （张可久体）

幽谷黄鹂涧树鸣，喜气兰馨。万点琼珠挂疏屏，悟静，悟静。

南歌子·文宰 （温庭筠体）

巧借诗词赛，偏留众客呆。抛诱有金牌。一心阿堵物，玩文来。

南歌子·西湖美 （张泌体）

恰似西施瘦，无穷碧叶莲。绮疏新柳戏风悬。亭阁断桥潭月，醉流连。

南歌子·福州第二届菊展 （毛熙震体）

雨霁金花绽，西湖一味黄。梅红也妒菊枝芳。任桂树惭闲艳、过重阳。　　对月樊川会，迎风战数场。晚来豪兴戏秋霜。踏遍雕栏骚客、茗吟忙。

注：杜牧（803-852），唐代诗人，汉族，字牧之，号樊川居士，京兆万年（今陕西西安）人，宰相杜佑之孙。有名句："尘世难逢开口笑，菊花须插满头归。"

南歌子·岛上 (辛弃疾体)

海峤沙鸥处，椰风潮涌来。蒙蒙江雾净堤阶，倚岸人儿、看浪吻滩排。　　大网频拖动，舟儿靠又开。或扬帆击浪天涯。揣着心儿、镇日里疯猜。

南歌子·贺林峰吟长八十华诞 (《花草粹编》体)

贺秀林芳甸，峰云带远轩。八方催鼓势雄浑。十面歌吟、遥祝满乾坤。　　生报诗词赋，辰星指斗门。大风歌罢笑声喧。喜气盈香江、佳庆乐家园。

南歌子·倦意 (周邦彦体)

柳绽流光早，徐风皱碧池。为寻佳句自凝思。却酒人偏吟醉、亭立春时。　　把盏楼头月，香溪画里诗。饱经风雨盼归期。瑶柬解酬卿语、怪雁来迟。

南歌子·静湖香茗 (石孝友体)

人约湖边静，松声追曲径。斜风吹雨入帘听。袅袅茶烟、香醉伴泉甄。　　谁把群芳聚，且尝春里茗。榭台楼阁月鸿影。自在绝尘、原是逸仙境。

荷叶杯·心醉 (温庭筠体)

一盏露脂凝翠，开启，手中杯。　　等闲欢聚赛瑶席，何惜，误于归。

荷叶杯·空巢 (顾夐体)

冬暮山花尽落，寂寞。　　闲坐锁愁眉，打工诸子讯无期。双鬓衰，双鬓衰。

荷叶杯·厦大校友会 (韦庄体)

记得凤凰花下，深夜，同学建南时。为凌云集美求知，携手暗相期。　　惆怅那年情怯。从业，彼此隔音尘。如今联谊近伊人，嗟悔那时纯。

注：建南、凌云，厦门大学和集美学校名楼。

回波乐·渔翁 (李景伯体)

回波尔时暮归，舟中蟹满鱼肥。　　更喜钓翁三五，喧哗窃议闲非。

回波乐·渔乐 (《本事诗》体)

回波尔时漾漾，挽袖戏桨逐浪。　　更迷岸上桃红，一束阳光绽放。

舞马词·喜贺探月成功 (张说体1)

月庭玉兔天行，嫦娥舞袖飞扬。　　更唤吴刚一醉，欢欣祖国来航。

注：2013年12月2日，"嫦娥三号"升空携"玉兔号"探月。

舞马词·老来乐 (张说体2)

狂舞街边鸟叔，一行白发星翁。　　齐庆国家强大，人人满脸春风。

三台·镜台 (王建体1)

山北山南绿绕，院前院后花红。　　禅寺天王日月，佛香长伴清风。

三台·贺八闽诗群开版 (王建体2)

紫荆坛上花开，网络人去人来。　诗朋八闽墨客，踏歌笑语吟台。

柘枝引·太平松籁 (《乐府诗集》体)

闲亭坐卧听松涛，曲径任逍遥。凝望乌山麓，苍霞啸陌入云霄。

塞姑·越岭樵歌 (《乐府诗集》体)

茂树繁花越岭，牧笛骑牛过境。樵客三山乐吟，对酒当歌高兴。

晴偏好·三都澳 （李霜崖体）

天湖千顷渔排妙，穿梭快艇闲抛钓。　　船家道，霞光万丈晴偏好。

凭阑人·盼归 （邵亨贞体）

谁隔台彭半世秋，云雾茫茫山海楼。　　楼中人正愁，岸无归客舟。

凭阑人·盼归 （倪瓒体）

再写台彭离别愁，江月沉沉山海浮。　　应怜破镜舟，水云中，乡梦稠。

花非花·石广智赞 （白居易体）

花非花，物非物。竹海来，荷塘去。　　寻常拍出影多姿，妙曝神奇金像着。

注：摄影家石广智蝉联三届中国摄影创作金像奖。

摘得新·白茶赞 （皇甫松体）

摘得新，尖尖叶叶春。雪芽仙姥种，最怡神。　　人生难得一聚品，茗香醇。

注：雪芽，白茶名种。

梧叶儿·问友 （吴西逸体）

情人谷，成智楼，花下绿荫稠。　　同携手，窗那头，意相投，连夜攻关记否？

注：情人谷、成智楼为厦门大学名胜景点。

梧叶儿·杨家溪写真 （张可久体 1）

鸳鸯渡，鹦鹉屯，板凳是榕根。　　红枫树，金锦鳞，荻花纷，急濑儿、欢声筏奔。

梧叶儿·圣诞平安夜 （张可久体 2）

花枝俏，白雪荧，堂里颂歌声。　　老幼装红帽，虔诚掌烛行，联对缕金屏，宿醉西洋镜庭。

梧叶儿·三都澳 （张可久体 3）

乘兴三都澳，新烹老傅茶，山味海珍佳。　　水面渔排布，舟船出入划，远客渡朝霞，鸥点点、云中上下。

注：老傅工夫茶为蕉城名茶。

梧叶儿·厦大岁月 (张雨体)

情人谷，集美楼，难忘那年头。　　群贤观书罢，凌云学课修，至善育同俦，说不尽、师门眷留。

渔歌子·渭南 (张志和体1)

百里平川华岳擎，滔滔河渭境中行。倚秦岭，接龙山，禹门鲤跃紫烟轻。

渔歌子·长白山传奇 (张志和体2)

松辽拔地上擎天，乔岳瑶池接紫烟。戏水府，揭龙帘，帝女霓裳不觉年。

渔歌子·迎新年 （李煜体）

北国瑞融千里雪，南岭梅开一处春。接书信，送亲邻，祝福声声友谊真。

渔歌子·打鸟一族 （苏轼体）

芦荻动，心儿醉，追摄急携装备。一声声宿雁腾飞，秒杀快门无悔。

渔歌子·打鸟一族 （顾夐体）

晓山行，幽涧蹦，蛰潜凝望飞禽族。谷中随，树边伏，满袖花香草束。候时机，甘寂独，身闲心静轻投足。技能深，光影毒，名利无心角逐。

渔歌子·白水洋 (孙光宪体)

　　水清清，洋阔阔，夏凉风暖溪泉澈。男女乐，祖孙欢，万顷金波谁泼。着泳装，吹气筏，浪中老少齐欢悦。经栈道，过廊桥，宇宙奇观囊括。

忆江南·山中 (白居易体)

　　山中好，冬暖夏凉耶。雾绕禽鸣峰隐约，岩流溪树透红霞。尘外一仙家。

忆江南·畲山茶季 (欧阳修体)

　　群山雾，醒慰阪茶台。畲女畦间新叶摘，山哈田上老歌开。情逸趣高怀。蓝袖动，路口紫箩排。来客收青声恁脆，别尘挑绿色纯佳。诚信促商来。

忆江南·镇江神游 （冯延巳体）

梦与辛翁登北固，隐隐青川，绿随涯附。凤翔龙舞戏双鱼，老来时展少年书。人非天岳恒依旧，破虏千言，一误经年负。今宵新月映波微，江山海晏启心扉。

潇湘神·崖上松 （地下革命者写照）（刘禹锡体）

崖上松，崖上松，立根劲顶傲苍穹。纵使树虬千万曲，倾心无悔世尊崇。

章台柳·另一种坚强 （韩翃体）

墙头草，墙头草，莫笑风吹南北倒。纵使纤身总屈腰，顺生亡逆柔中巧。

章台柳·树也怨 （唐妓柳氏体）

斑竹枝，章台柳，可恨人将意强蹂。纵使条纤或携斑，那是逢春茂而秀。

解红·苍霞夕照 （和凝体）

紫气涌，夕照明，解红一曲樵客行。竹影摇风读诸子，此间把酒乐蓬瀛。

赤枣子·奔马 （欧阳炯体）

马啸啸，路迢迢，诸峰回隐雾缠绕。飞骑碎开春雪面，风掀赤帜倚云飘。

南乡子·2014年初厦大鲜花美女照网上疯转，惹来无数惊艳目光（欧阳炯体1）

厦大园中，傲寒花树绽冬红。摄得人间佳妙处，频顾，倚翠风流娇女驻。

南乡子·海上养殖（欧阳炯体2）

水上渔排，波摇网影映霞开。匆匆忙忙红绿女，投苗与，素手纤纤频掷取。

南乡子·讨小海（冯延巳体1）

北壁沐秋风，朝旭飞霞逐浪红。投网碧波捞几许，花絮，阵阵渔歌惊鹤鹭。

南乡子·惠安女赞 (冯延巳体2)

楚楚短衣裳，开露腰身惹眼光。谁说美人无气力，吭吭，娇嫩肩挑巨石梁。闽海任洋洋，驾捕渔歌满水床。扁担一根养大小，堂堂，惠女青春足赞扬。

注：惠安女的勤劳精神闻名海内外，有"一根扁担养活不了一家子不算惠安女"的说法。

南乡子·白马春潮 (李珣体)

潮滚滚，雨凄凄，义洲春讯赋新题。白马商家沿岸驻，江滨处，临水试舟游客慕。

南乡子·夏游鸳鸯溪 (欧阳修体)

翠密随行，涧谷凉生喜忘形。瀑打涯花珠不定，溪清，冷泼鸳鸯锦翅翎。栈道栏亭，雾罩霞帔幻凤庭。偷得世间几度暇，人醒，常在仙凡一瞬惊。

南乡子·奔马 （王之道体）

天际逐云追，周雨秦风一路吹。山映山花，春水荡春蕤，赤兔扬尘步彩晖。魂梦与君随，大漠孤烟壮汉陲。万里戍边，陶醉踏香驰，快乐民安国富时。

南乡子·霍童溪冬渔 （黄机体）

丝雾正浮腾，星暗光明旭日升。仙女洞天，莺歌鹭语，齐鸣，树影婆娑隐约生。洒网放舟行，翠映霞生别样情。打浪赶鱼，收投链网，蓬瀛，翁妪闲摇水一泓。

南乡子·独处 （赵长卿体）

院静小庭空，寒蝉断续，风透帘栊。半榻书儿翻阅尽，飞鸿，点点天边觅影踪。何事近芳丛，秋风漫卷，缕缕情衷。甜辣苦酸陈杂处，亲躬，莫讶枯荣几度重。

捣练子·江南 (冯延巳体)

溪水碧，柳丝长，隔岸桑田牧笛扬。双棹艇轻波里乐，雾萦烟绕赛仙乡。

捣练子·水乡 (李石体)

波渺渺，语依依，暗香清送入蟾溪。荡涟漪，绮梦随。舟剪水，鹭腾飞，追风律动载诗回。逐流光，月下归。

春晓曲·枫林 (朱敦儒体)

枝枝叶叶谁添焰，玉露秋霜点点。半闲岭上抹霞光，坐爱倚岩红玉嵌。

春晓曲·西塘 (张元干体)

千年转瞬匆匆遁，梦帘栊，灯影衬。粉墙深院碧梧风，一水氤氲浮古镇。

桂殿秋·听琴 (向子諲体)

秋色里，月朦胧，南塘亭岸碧梧风。丝弦律动音阶妙，不觉千年一梦中。

寿阳曲·清江客 (张可久体1)

清江客，豪放歌，吊楼边、品茶邀和。风光醉人人庆贺，月明中、忘怀了我。

寿阳曲·鸣泉 (张可久体 2)

风红湿，雨翠滴，雾朦胧、响谁家笛？过山中，一回峰夹壁。豁然间、落天泉激。

寿阳曲·有所思 (张可久体 3)

始见桃花伴，又逢孤雁飞，锁愁眉、欲言还止。度春风、倚阑花独绮。唯不见、那年尊履。

阳关曲·地球村 (王维体)

送君长乐翼云霄，咫尺阳关不在遥。点开网络地球近，频贴相思为故交。

欸乃曲·山村 <small>（元结体）</small>

烟起河塘春滟波，萋萋芳草接峰峨。停舟静听笛中意，欸乃童心天籁歌。

采莲子·二站采风 <small>（皇甫松体）</small>

二站荷香碧满池，落霞红映采莲迟。妪翁乘兴来诗趣，放荡形骸逗笑儿。

浪淘沙·小白鹭 <small>（皇甫松体）</small>

公余戏水觅清欢，遥见群鸥舞翅盘。浪起银滩沙细细，烟波涌玉泻云山。

杨柳枝·三月三 (温庭筠体)

岚里摇风翠竹连，雾关溪壑雨绵绵。晚来借宿畬家寨，阵阵山歌伴客眠。

八拍蛮·采茶 (孙光宪体)

雨浥竹枝诗韵扬，雪芽新绿透清香。姐妹山头嬉撷叶，欢歌归去乐盈筐。

八拍蛮·东礵岛上遇祖孙 (阎选体)

渔岛浪涛侵古岸，山间泉泻沃芳菲。丛树鹭巢鸣幼鸟，闲来港口恨舟迟。

字字双·三都澳 (王丽珍体)

三都网箱排复排，澳里黄花佳复佳。迎波摇棹开复开，绮霞诱鹭来复来。

十样花·寒梅 (李弥逊体1)

陌上风光浓处，一朵寒梅微吐。百卉休先慕，春深也，乱风恶，落残红劫数。

十样花·秋菊 (李弥逊体2)

陌上风光浓处，秋菊傲寒听雨。　　曲径绕芳丛，人尽醉，蝶狂舞，早为陶令妒。

天净沙·思君 (乔吉体)

何时携手同行，几番愁坐云屏。一任群芳洁馨，难挨心病，困时真个劳形。

天净沙·游鸳鸯溪 (马致远体)

青山绿树摩崖，小桥村落苍苔。戏水鸳鸯恋爱，涧流声籁，那时真乐无涯。

卷二
◉

甘州曲·惬意 （王衍体）

驾轻舟，追翠羽，逐波流。鹭鸥惊起海天游，蜃雾幻仙楼。惬意处，闻笛放歌喉。

甘州曲·两岸 （顾夐体）

峡烟波渺阅千年，帆橹过，志酬延。陆台联手展新篇，今日五缘牵。桑梓地，兴会更思贤。

醉吟商·仙家别舍 （姜夔体）

淡淡云霞，小涧水帘轻挂，夕阳西下。一幅桃源画，老树枯藤郊野，仙家别舍。

干荷叶·池塘小景 (刘秉忠体 1)

干荷叶，卧池塘，寂寞枯蒲敞。鸟当床，藕丝藏，蛙儿跳跃闹其旁，别样风光酿。

干荷叶·晚秋荷塘 (刘秉忠体 2)

干荷叶，叶虽残，对镜摇风伞。似龙蟠，若心安，引来蜂蝶戏承欢，堪恋恋、朝朝晚。

喜春来·耕读 (张雨体)

染霜素鬓流年度，舞雾清风瑞气舒。一生耕读一痴儒，苦乐乎，均付与诗书。

喜春来 (周德清体)

千峰湿紫枝枝旺，百鸟鸣晴处处双。暖风醉染绿新江，放眼望，真个是仙乡。

喜春来·雅集 (司马九皋体)

倚栏每望烟波渺，居席频听客语豪。霓裳心曲吕宫调，琴韵妙，吟侣笑，乐通宵。

喜春来·三月三 (《太平乐府》无名氏体)

嫩茶过雨新芽吐，纤柳迎风旧燕如。唱畲歌，携竹篓，赶村墟。三月三，祥瑞满山居。

踏歌词（又名：踏歌行）·山居 （崔液体）

坝上茶尖嫩，园中竹叶鲜。琴声扬泽水，鸟语啭池莲。邀客入青峦，伴月倚兰眠。

秋风清·夜上白岩鼻 （李白体）

秋风清，秋月盈，独上白岩鼻，观光蕉堞行。枯荣明灭知时替，市区入目虹灯迎。

秋风清·新疆生产建设兵团赞 （寇准体）

西北塞，戍边军，屯田安国境，生产建奇功。能耕能战旌旗艳，献了青春和子孙。

秋风清·霍童二月二灯会 (刘长卿体)

龙灯舞，雄狮动，堡街纸扎游，人海如潮涌。文化非遗焕彩辉，共祈鸿福安民众。

抛球乐·静夜思 (刘禹锡体)

径动水流清，桥飞独木轻。落潮蛙更叫，遮叶鸟犹鸣。动影松风起，临门月色迎。

抛球乐·渔家乐 (皇甫松体)

池绿微霞醉，烟斜古渡边，古渡边。岸间晨昼短，尘外是非鲜。最爱翩鸿影，轻舟钓月闲。

抛球乐·游湖 (冯延巳体)

烟袅平湖柳荫浓，倚山娱水乐融融。把琴诗酒佳人醉，扬笛渔舟墨客疯。一霎花朝雨，飞溅缤纷洗碧空。

抛球乐·踏春行 (柳永体)

踏春桃李浓淡，幽境香馥。近清明、晴雨浴沐，烟绕家乡，永安耕读。引众客、联袂蟾溪，看绽蕾、蜂狂枝蔟。是处素影斑斑，笑笑嘻嘻，聊放童心逐。树下宜团聚，休闲一刻，水光山色，边郊郁郁。更见舞游龙，鼓乐队，弦歌真情足。向田园樵径，惟妙驾腾，往来祝福。　　取次茶盏杯盘，就芳甸，拂柳花荫筑。入婆娑，听婉约，仿佛娇莺震凤。寸针片玉，斟出欢愉亲睦。管他世事，碎烦杂味，且饮钟茗燃红烛。恣意天地席，陶陶买醉太平，浪迹仙岑道谷。须信有乾坤，任骋肆，与尔逍遥酷。怎忍让此生，触尘蒙辱。

法道驾引·马来西亚 370 航班失联 (陈与义体)

机中客，机中客，究竟在何方？天地觅寻难见出，千夫遥指马航殇，回望断人肠。

蕃女怨 (温庭筠体)

海东潮信无定信，别后难问。梦沙州，鸥鹭遁，数黄昏恨。怨山重水复天高，鸟儿号。

一叶落 (李存勖体)

一叶落，秋萧索，雨蒙雾绕满山壑。涧泉曲水潺，湖边鸳鸯陌，鸳鸯陌，且践金风约。

忆王孙·晚清史 （秦观体）

闲翻清史忆王孙，岁月悠悠空断魂。屈辱桩桩不忍闻，弱无尊，掠杀时时临国门。

忆王孙·夜读 （白朴体）

长云暮雨忆王孙，怀笔秋灯故国存。祇愿墨香益固本，挚求真，萦梦宏图多感奋。

忆王孙·西湖恋 （《复雅歌辞》无名氏体）

春晓苏堤桃艳艳，莺柳浪，芳香濡染。水光湖影映蜂狂，且坐对，香阶槛。　　遥看鹭鸥嬉菡苕，波渺渺，吴娃舟泛。妮喃歌醉客回头，误归也，人无憾。

金字经（一名《阅金经》）·白象塘 （张可久体）

　　起落推舢板，绕游移艇篷，摇曳渔灯白象东。丰，醉香虾蟹绒，黄花冻，笑声漾夜空。

注：黄花鱼又名大黄鱼，福建三都澳白象塘盛产这种鱼。

金字经（一名《阅金经》）·赏樱花
（《太平乐府》徐失名体 1）

　　琼艳梨花雪，玉脂兰蕙芳，江树繁英添淡妆。扬，沁花淑气长，蜂歌爽，蝶舞浪、人徜徉。

金字经（一名《阅金经》）·赵玉林先生赞
（《太平乐府》徐失名体 2）

　　那处寻佛子，紫微星暗倾，一幕幕、玉林诗墨影。卿，在吟坛、举旗旌，留高境，赵家师、德艺馨。

古调笑·东湖 (王建体)

鸥鹭，鸥鹭，迎风披霞戏雾。东湖对舞春天，携女嬉儿渡前。前渡，前渡，忘返流连日暮。

遐方怨 (温庭筠体)

风瑟瑟，雨霏霏，别馆寒灯，转添冬寒花尽飞。不知羁旅几时归，夜长人不寐，梦常违。

遐方怨·马来西亚 370 航班祭 (孙光宪体)

江浩浩，海茫茫，暗渡烟波远，流年岁月长。马航日日役心肠，转添魂梦在他乡。　　思父老，想娇妆，愿早知真相，同心慰国殇。肃奸惩恶正纲常，福宁康寿总呈祥。

后庭花破子·野趣 （王恽体）

碧水起清涟，青山绿远天。柳影牛羊过，桑阳牧女闲。一池莲，戏蜂引蝶，迎风花尽妍。

后庭花破子·畲乡 （赵孟頫体）

泉侵万点洲，烟笼百厦楼。峭幽谁家境，山歌起暮鸥。凤凰头，摘茶盈篓，踏香径、归去休。

如梦令·三陪泪 （李存勖体）

浮侈春花秋月，每道拜金尤物。回首恨尘寰，红袖湿心含屈。如梦，如梦，香阁掩真情绝。

如梦令·玉华洞 (《梅苑》无名氏体 1)

树挂峭丛崖壁，曲径灵霄洞寂。胜迹任探幽，脉脉三泉涔滴。鱼觅，水急，峰乳妙然天饰。

如梦令·品茗 (《梅苑》无名氏体 2)

盅盏味幽微品，云雾天毫浅饮。吟赏续工夫，琼液泛清殊甚，香沁，心沁，惬意露华春锦。

如梦令·清游即兴 (《鸣鹤余音》无名氏体)

故雨新朋云约，水上聚吟艇阁。徒过眼浮沉，悟得天然自乐。天然自乐，且纵星魂诗魄。

如梦令·山中 （吴文英体）

流连幽谷露丛，莺飞拂柳和风。闲羡鹭鸥侣，不从世路穷通。山中，山中，醉慕万壑青松。

如梦令·支提天冠道场 （魏泰体）

云影玉清月挂，是处风光无价。邀共茗天冠，溪岳梦圆春夏。如画，如画，还赏秋冬趣话。　且读真经阁下，松竹滋心高雅。诚忘路穷通，独享岫峰阔野。淳化，淳化，真个道场别驾。

诉衷情·渔乐 （温庭筠体）

春雨，如缕，杨柳絮，一舟归。鸥与鹭，腾骞，碧波随。海网蟹鱼肥，回回，高酤浮野思，畅心扉。

诉衷情·游兴 （韦庄体）

雾锁园林烟雨静，客东湖。莲柳映，花径，约娇姝。桥接步廊舒，徐徐，入新台榭庐，醉江鲈。

诉衷情·品墨兰 （顾夐体）

搦笔临窗描瘦影，遍西园。孤鹤立，香袭，瀑泉喧。幽境育芝兰，蝶蜂欢。墨简繁，成巧繁，品知非等闲。

诉衷情·游嬉 （毛文锡体）

梅花开后李桃开，春到赛诗台。阿哥去，妹伊来，无报愧樗才。山枕映红腮，戏琴台。时耽泉石卖痴呆，乐开怀。

诉衷情 （魏承班体）

春喧花蔟小溪鸣，榕杉别径迎。杨柳翠，旅痕青，烟水播香馨。别恨梦常萦，对孤亭。登临一任形声里，诉衷情。

西溪子·香山红叶 （牛峤体）

柳浪莺声微霁，钟鼓碧云晨起。上香山，携慕侣，观岭树，霜染秋红处处。醉陶然，不知年。

西溪子·游西山 （毛文锡体）

昨日西山游赏，红叶奇葩千样。品新茶，邀朋伴，舒心侃，还忆那年春暖。彩笔赋诗狂，觅芬芳。

天仙子·福宁湾 （皇甫松体）

楼对碧波东顾海，福宁湾上潮澎湃。摇船姐妹赛天仙，歌满载，沐霞彩，众客望呆哥莫怪。

天仙子·九龙谷 （和凝体）

泊岸楼船迎柳翠，飞瀑珠帘人独醉。鲤湖波影月玲珑，陟仙宫，参古寺，无限诗情融画意。

天仙子·永春云河谷 （韦庄体1）

涯里长廊林翳翳，飞瀑桥亭腾旭霁。修通栈道利郊游，怡众客，乐悠悠，春谷云河霞绮浮。

天仙子·渔村小景 （韦庄体2）

荡漾清波蟹贝肥，轻舟暮映月中归。径边松动鹭惊飞，肩挂网，手携衣，腰挂鱼虾满篓回。

天仙子·安溪 （张先体）

夹岸清溪春柳驻，四处茶园岑岭雾。绿云连碧铁观音，红袖手，纤纤女，轻撷新芽新叶贮。临眺百村多胜处，感德物佳声远着。味香浓淡品回甘，凝玉露，真如悟，盅盏茗斟今与古。

风流子·白头吟 （孙光宪体）

丝雨流风冷暖，一路荣枯结伴。经宠辱，历严慈，但得假年酬愿。勤善，勤勉，守就真情无限。

风流子·雪峰寺寻梅思友 (周邦颜体 1)

香魂披雪韵，寒峰下、傲骨展虬枝。望一林霭霭，蝶飞蜂舞，独怜孤鹤，人对花痴。悄无语、应逢春践约，微笑入郊畦。遥想昔年，喜骚盟结，艺坛风雅，吟唱佳辞。　　今萍踪飘异，难堪处、偏遇故地芳姿。几个陌生人面，诸友无期。叹绮丽无穷，难逃空坠，落红声里，寂寞风吹。多少暗愁恨意，能有谁知。

风流子·春风里 (周邦颜体 2)

桃李着新芽。浮游渡、浅草戏鸣蛙。踏青曲径南，远观云涌，近闻香沁，心醉津涯。绣阁凤帏居美眷，怎比此清佳。更羡鹭鸥，掠蓬壶际，翼扶瑶地，圆梦仙槎。　　知尘凡难了，春风里、犹念待月伊家。最是费神，迎前总隔层纱。问世间万事，林林总总，寄心何处，谁得无邪。还记辛翁，少年狂发人夸。

风流子·黄河感怀 （张耒体）

长河劈泻出，青云顶、九曲浪滔滔。载千里莽苍，孕乾坤气，洗英雄泪，寰宇飘遥。怨杨柳、玉门羌笛处，人老忆秦箫。荒漠夕阳，籁鸣边塞，雁横天际，隈倚城壕。　　一心中华梦，浮沉百代愿，岁月周遭。当念有河清日，沿岸聆韶。勿风前懊恼，闲愁雨后，下泉万古，诗唱今宵。酬待向荣时节，欣见妖娆。

风流子·咏梅 （王之道体）

池边香未度，萧疏处、林外影空斜。见数里长堤，隔溪如雪，尽村烟晚，枝瘦山家。芳草岸、月明春色暖。南岭笛声遐。散落到人间，应怜故土，闹花竞放，欣读流霞。　　相逢还相望，但凝情江水，送恨天涯。因是竹篱前映，鸿爪仙槎。想梅妻和靖，携扶鹤子，追随正乐，高意无邪。争得满园风雅，留醉豪夸。

风流子·白鹤岭上 (王千秋体)

岭上雾烟绕，峰涯道，云海纳腾龙。隐林中禽语，避霏霏去，惬心移步，意趣真浓。乐盈盈，顶巅容骋目，竹色染乔松。瑞鹤望潮，明霞观岳，壮游题壁，雨脚生虹。　　携清风两袖，流年远，离世俗，访仙踪。放眼渔歌闲唱，鸥鹭鸣空。想终南捷径，柳丝扬处，结庐谁住，阶绿苔浓。终见帝王权相，皆入荒冢。

风流子·上金贝观荷采风 (吴文英体)

金贝野池塘。熏风转、菡萏暗香扬。鹭飞翠盖藏，数蜂低舞，亮蜻蜓翅，绿映群芳。约老友佳朋早起，娱摄对朝阳。人倚槛轩，掩云峰半，蕊宫金阙，荷艳畲乡。　　优游莲花处，休闲踱、晨雾绕径悠长。捉影捕光饴赏，淳劲清凉。看满密新枝，绯红千朵，啭莺天籁，舒畅胸腔。偶得凤凰佳片，嬉乐张狂。

风流子·知梦 (贺铸体)

何事育身心。千年史、万里迹踪寻。胜读赋诗，笔怀机悟，无邪工拙，淡对清吟。鹭鸥约，憾苍茫一叹，入耳有乡音。尘海境虚，到吾庐少，绮霞别阁，隔水闻琴。　　生合契樵林。芳辰恰如雾，鹤发黎黔。其奈镜惊癯我，知梦鸾衾。茂密山原，通幽曲径，噤蝉浮叶，武索文钦。倦鸟欲归还去，毫墨如金。

风流子·赤溪杨家赞 (吴激体)

春季忆宏农。青狮舞、处处展姿雄。跃冲剪扑迎，向南屏下，镇乡街巷，锣鼓叮咚。赤溪畔，演文拳雁乐，勤厚创奇功。喜碧水潺，庙堂前后，沃禾苗壮，茶绿葱茏。　　缘定众归宗。图开谱繁衍，氏族见灵通。震一脉云程境，世代诚忠。祖训示仪方，关西孔子，四知廉洁，鸣警扬钟。直似海门潮信，今古尊崇。

注：南屏，指南屏峰；雁乐，指雁乐溪。均位于福建省宁德市蕉城区赤溪镇。

归自谣·三都澳 （吴激体）

波潋潋，江上鹭鸥三四点，网箱鳞耀云霞染。渔排错落舟艇嵌，船家憨，御风剪水情歌喊。

饮马歌 （曹勋体）

荷红丝柳绿，骠骏秋风逐。雪驰郊原谷，梦回云间速。饮江河，走塞城，四季光阴倏，奋飞足。

定西番·毕业季 （温庭筠体 1）

厦大昔年离别，人惜惜，上弦场，凤凰旁。无碍泪流声咽，四年同一堂，多少挚醇情结，热衷肠。

注：咽，呜咽；凤凰，指凤凰树。

定西番·戍边 （温庭筠体2）

万仞莽苍云雾，边塞哨，戍昆仑，国门屯。戎马雪中驰驻，护炎黄子孙，圆梦族亲康乐，贵而尊。

定西番·天竺山 （韦庄体）

新雨天风润物，泉涧水，沃残红，映苍穹。人倚凭高吟啸，鸣琴曲径峰，古寺千年灵妙，趣禅通。

定西番·西炮台 （孙光宪体）

残垒残垣残炮，铭甲午，战云哀，塞西台。雪耻强边勿忘，空天御敌来，鼓号轰鸣云外，洗阴霾。

定西番·潜艇 （张先体）

巨浪霹空摇溢，浮坐底，细侦听，吹雨乱风云疾，镝飞鸣。
旗在海天翻翼，枕戈洋鬼惊，卫国勤民游击，出奇兵。

江城子·海上巡逻 （韦庄体）

万顷涛怒浴波长，出重洋，好儿郎。镝惊鲸阙，云海任巡航。
瞬霎蟒龙翻绝技，浮太白，浪千行。

注：《蜀王本纪》里记载有"秦为太白船万艘，欲以攻楚"的历史典故。
太白，船名。

江城子·贺舰载航空兵组建 （欧阳烔体）

碧海雄鹰列阵雄，落霞红，入苍穹。破雾穿云，格斗逝波中。
潇洒空天频起落，深蓝卫国，立新功。

江城子·战士 （牛峤体）

滚打青春练硬功，披星追月中，意从容。站岗巡逻，迷彩见诚忠。莫道豺狼多虎视，枪在手，展豪雄。

江城子·思念 （尹鹗体）

分飞后，每牵连，依稀梦里见，爱相怜。岁月流光，每忆旧时颜。把盏今宵欢聚晚，来复去，总无眠。

江城子·夜来香 （苏轼体）

翁茸芳甸蕊盈枝，喜蟾移，弄幽姿。夜色香融，摇荡惹人痴。园里飞虫萤火亮，如有意，护花迟。　　倚栏亭上玉凝脂，影参差，透春丝。斑驳清癯，筛月送娇时。　　依约素馨君在否？长不寐，复谁知。

望江怨·留守老人 (牛峤体)

江南岸，欲写乡思与谁看，斯人孤独叹，夕阳残照秋寒伴。暮云散，露冷夜漫漫，老牛依老汉。

长相思·网诗 (白居易体1)

起仄平，转仄平，诗意童心洒满屏，新朋故雨迎。忆真情，写真情，写遍酸甜悲喜生，夜深人独醒。

长相思·三都晨曲 (白居易体2)

深海耕，浅海耕，湾澳渔排浮满城，舟摇鸥鹭惊。峰如屏，岩如屏，临水扬波追浪行，天湖旭日升。

长相思 （晏几道体）

　　长相思，长相思，识得相思是老时，几人能自知。长相思，长相思，海誓山盟每托辞，世多瞇白痴。

长相思·开犁节 （欧阳修体）

　　晨雾迷，野径泥，芳草兰香馨满蹊，天边璧月低。风微微，草稀稀，鸥鹭飞飞点点归，迎春开祝犁。

长相思·休闲 （刘光祖体）

　　一山春，一溪春，踏趣蹊林鸥鹭群，优游嬉睦邻。汲泉西，汲泉东，涧水鸣琴天籁融，兰舟迷醉翁。

思帝乡·白马山 (温庭筠体)

花花，满山红似霞，云汉雁鸣天马，杜鹃斜。东眺海波翻滚，雾浮峰绕纱，松竹翠风高远、乐仙家。

思帝乡·逸情 (韦庄体1)

烟雨游，绿波轻载舟，钓艇高歌年少，戏风流。翠羽青芦翅舞，惹勾留，衣湿何曾顾，逸情收。

思帝乡·天山峡谷 (韦庄体2)

通野径，入灵山，耀日冰池泓碧，耸穿关。鬼斧危崖叠嶂，水潺潺，竟是瑶台仙境，出瀛寰。

相见欢·端午冒雨观舟 （薛昭蕴体）

龙舟竞渡旗红，满江中，恐后争先划桨、鼓雄风。炙新艾，祈安泰，屈平崇，雨涤添欢消暑、趣情浓。

相见欢·九鲤溪漂流 （杨无咎体）

筏声九鲤山光，影成行，碧水清溪绿透、趁风凉。停柔桨，飞急桨，戏鸳鸯，迷恋一江欢乐、忘归航。

相见欢·埭美泛舟 （蔡伸体）

春和烟水悠悠，泛行舟，埭美闲鸥星映、竞风流。多少乐，多少趣，惬情留，挥桨散珠嬉逗、任沉浮。

相见欢（异名《乌夜啼》）·勿忘历史早筹谋 (蔡伸体)

卢沟桥水悠悠，那年头，战火狼烟惊动、国家仇。多少血，多少泪，恨难收，今日贼倭还觊、早筹谋。

相见欢·寻幽 (张镃体)

喜携程乐寻幽，一江流，晚唱烟峰云影、共君留。垂草斜阳廊屋，绿荫稠，飞落双双燕雀、闹花洲。

相见欢·渔家乐 (吴文英体)

轻舟回浪芦丛，荡西东，鸶鹭惊飞弄舞、入苍穹。一网网，一笼笼，映霞红，摇落满天云影、饰龙宫。

何满子·沈园忆陆游 (和凝体 1)

柳老花零稀客，烟萝苔壁斜晖。莞尔绵绵遗恨，空教盟誓灰飞。铁马冰河梦断，放翁垂泪悲题。

何满子·长征 (和凝体 2)

九死一生豪举，千山万水传奇。中国工农军抗日，雪峰天堑挥师。堵截狂围追急，守忠诚展红旗。

何满子·空巢 (尹鹗体)

花落随风砌下，溪边暮色残阳。微露时来滋润，草丛寻嫩闻香。待月林泉深响，空教醉卧山乡。　　聊寄慨诗千首，梦魂长挂潇湘。每忆良宵人乞巧，岁华如箭匆忙。欲表相思无处，忧愁百结柔肠。

何满子·空壳村 （毛熙震体）

槛外山堪入画，镜前风俗民情。摄录故乡多少事，转添愁绪难平。黛瓦青砖村寨，打工劳力空城。　　深院犹闻燕语，巷中难遇男丁。父老门庭思后辈，路长疏远亲朋。唯见夕阳孤影，梦回常是虚惊。

何满子·风雨同舟 （毛滂体）
——纪念中国共产党成立 93 周年

幸甚南湖船启，云波烟海相济。舵安遵义振龙啸，重整九州天地。关山暮朝风雨，家国乾坤经纬。　　鼓旆江河御敌，击壤麾师飙驶。恒升日月彩辉映，百载泛浮寻味。廉洁千秋德政，绩在民心永存。

风光好·三都澳 （欧良体）

日晖晖，鹭飞飞，箱网渔排鲍蟹肥，育苗回。三都船艇迷人渡，礁头路。旋买黄鱼酌浅杯，畅心扉。

误桃源·勿忘国耻 (《明道杂志》无名氏体)

三十万遭杀，日寇戮南京，积贫余弱兵，血痕腥。勒铭砥柱记，边海国防经，快砺手中剑，固长城。

望梅花·梅花石 (和凝体)

斑驳云根谁泼，墨迹寒枝超脱，大美天工香骨滑。冷艳奇芳人悦，帘外小庭池上列，泉影招蜂迷蝶。

望梅花·盆栽 (孙光宪体)

数枝开与瓦盆栽，病骨曲、虬绳红缀，一缕冰魂心绪来。如意绞修裁，疏密逢迎作态哀，空负栋梁材。

望梅花·南潹寻梅 (蒲宗孟体 1)

寒枝凌雪，凌雪轻苞芳洁。潹涯边、叠叠泉水冽，迎风催发。并剪玉虬千万骨，点遍琼红素缀。　　小园春月，护鹤携妻时节。影玲珑、堪赏南山绝，爱家情切。觅趣清香心契阔，赋就故乡新阕。

望梅花 (蒲宗孟体 2)

报春魁醉，月影上园侵睡。堪赏暗香孤独贵，瘦玉霜枝寒卉。青紫梦萦和靖地，自有奇葩旖旎。　　淡然谁记，傲骨素颜芳系。粉蝶炼魂知幻境，不使雷同庶类。残雪枝头还缱绻，鹤舞琼台清霁。

望梅花·原野 (张雨体)

烟树和风冈翠，浮红蕾、一川江水。放鹤天空，云峰樵隐，曲径香芳熏洗，心尤记。笑对虬枝，曾道是，孤山子妻。　　还问驿桥郊寺，独绽露、雪中献瑞。堪赏英华，丹青图障，烧得半壶茶沸，无俗味。傲骨清闲，吐秀萼，岑岩独贵。

醉太平·海棠雅集 (刘过体)

名花海棠，随情赋扬。小楼明月临窗，写春风数场。恭王府堂，情高谊彰。翠绡娇美新张，雅集天籁香。

醉太平·野趣 (辛弃疾体)

态浓意揉，盈盈水柳。拂江楼窄絮风口，岸边云雾厚。清波常绿春苗茂，香径里，芝兰秀。踏遍湖山梦时友，且归田猎狩。

醉太平·畲乡 (《太平乐府》无名氏体)

盘头凤凰，饰佩银裳。锦笺罗带爱花香，对歌迎客觞。爱蕉坪里相凝望，旧游台榭山哈唱。韵萦谣曲乐畲乡，报春风远扬。

上行杯·早春鹳雀楼 (孙光宪体 1)

雨润河西新绿，瞻九曲、此处沉浮。楼隐云间喧鹳雀，幽苔舜阁。越中条，丝柳杪。翠鸟，春晓，诗意蒲州。

上行杯·重阳 (孙光宪体 2)

携侣扶筇结伴，登赋处、倚岩山侃。楚宋秦吴千万段，秋阳灿烂。傲凭栏，歌舞妙。姣姣，痴老少，峰岭高啸。

上行杯·龙硿洞 (韦庄体)

珠串梨花春雨，瀑潭莹、谷风云缕，一径通幽硿洞路。舟动衍鱼惊处，潜脉蕴龙宫乐顾，归慕，蓬阆客，戏花坞。

感恩多·普救佳话 (牛峤体 1)

梦君花得韵，牵柳风飘絮。月帘掀有姿，感恩时。入夜佳人醉引，盼郎回，盼郎回，永济红娘，乐西厢美媒。

感恩多·黄海港城 (牛峤体 2)

鹿呦呦湿地，雕展凌云翅。大丰生态园，好资源。角影麋光育真气，创平安，创平安，福寿齐天，国强民众欢。

长命女·悼郑门刘氏淑珍姨姨 (冯延巳体)

桑梓哭，祭拜诚祈祷祝，再拜思姨淑。一愿儿孙长健，二愿德邻家族，三愿亲朋人孝睦，乐享天伦福。

注：大姨姨刘淑珍，于甲午年六月初四日未时在郑厝里家中病逝，享年78岁。

春光好·平安盐城 （和凝体 1）

瑶城美，鹿麋栖，海烟奇，福禄寿缘佳地，好风移。旖旎玉峦金野，良田万顷苗肥，心暖民淳清气正，大丰治。

春光好·贺宁德市文联"出精品出人才"座谈会召开 （和凝体 2）

出精品，出人才，放歌怀。梨白桃红柳绿谐，百花开。千亩山峦茶树，千顷养殖网排。宁德先行求发展，六新牌。

注：未来五年，宁德将朝着"六新大宁德"这一目标，破空疾进，在产业、城镇、交通、文化、民生、环境六方面创新转型，乘势而上，力争到 2017 年与全省同步建成小康社会。

春光好·霞浦留云洞 （和凝体 3）

吞澳海，祭岩天，浴春烟。琴石浑然道韵弦，葛洪仙。嗳嗳慈云佑护，氤氲蕙炷敬虔。丹穴禅灯渔火旺，棹歌延。

注：留云洞周边有祭天石、东晋葛洪炼丹处等景观。

春光好·雪峰赏梅 （欧阳炯体）

寒峰下，信花春，拜香魂。傲骨铁虬披雪韵，点芳芬。淡墨微痕叶绿，花偎赏鹤梅晨。谁揽乾坤天意得，共氤氲。

春光好·鼓岭休闲 （张元干体）

趋小径，沐金风，涌泉通。豁我眼眸闽水净，映天穹。虬树老柳杉雄，日长茗里诗翁。两盏三杯吟浅唱，乐融融。

春光好·踏青 （晏几道体）

扬丝柳，艳红桃，踏青郊。骀荡入眸春草绿，鸟翺翺。鹭约莺啭人饴，飞花解、梦唤妖娆。寄语思人心念远，路迢迢。

春光好·金钟寺 (《梅苑》无名氏体 1)

空山鸟语寥寥，远尘嚣。树影婆娑松阵阵，竹萧萧。何处小道溪桥，藏兰若，笑指云霄。窥宋身心无限事，任逍遥。

春光好·听雨 (《梅苑》无名氏体 2)

华胥一梦游仙，虚竹径、蕉旗曲栏。铁瓦檐盘喧翠泄，万点珠悬。　巴山剪烛铃弦，更风细、清香暗传。槛外宫微弹指拨，瘦绿池莲。

春光好·采茶乐 (蔡伸体)

红酥手，指纤长，摘芽忙。村语欺莺飞蝶款，笑谈狂。堪羞煞小新娘，茶山隔、难叙衷肠。陇溢欢歌情满路，暗寄思良。

酒泉子·访林觉民故居 (温庭筠体 1)

重访紫藤，斋读觉民遗藏。思无慄，豪语壮，启心灯。舍身不忘幼和老，与妻书语晓。写春秋，维国道，展鲲鹏。

酒泉子·梦李 (温庭筠体 2)

夜宿近禅，清客望云追月。梵钟遥，时叩阙，梦诗仙。玉杯邀对成三列，心绪千万里。佐酒勤，歌舞起，意绵绵。

酒泉子·秋老 (温庭筠体 3)

原野菊篱，秋老又听莺啭。酌斜阳，人倚盼，复谁知。一双娇雁语梢枝，心境梦谙难践。竹笆长，松径展，野风吹。

酒泉子·太极拳 (孙光宪体)

一式一招，动若游龙出岫。鹤形通，推手秀，马分鬃。运行虚实阴阳变，护盘云翅展。揽雀中，柔劲显，九州雄。

酒泉子·网迷 (韦庄体)

网海遨游，虚拟域中人在。水中潜，屏里载，百材收。独来敲键云烟梦，马甲休询情动。眼迷离，心意重，思难留。

酒泉子·踏青 (李珣体1)

雨歇风停，齐待绣帘珠碎响。柳依依，春漾漾，踏青青。芸芸往事依稀梦，酽土一犁新翠重。蝶飞花，蜂舞动，乐娉婷。

酒泉子·古战场感怀 (李珣体 2)

残堞留痕，关月塞边嘶马，乍闻征战角声哀，不归来。胡沙雁踏暮云排，夜渡冰河今老去，叹英雄，遗枯骨，草中埋。

酒泉子·望乡 (李珣体 3)

秋暮轻风，落日彩云拱月，海天涯曲近山寒，且凭栏。依晚树，故乡看。还酌夜华新白，鹭鸥蝶影忽成单，步蹒跚。

酒泉子·另蹊 (顾敻体 1)

幽梦境萦，朝夕还随心浪。画屏敧，绿蹊望，柳禽鸣。万千悬想隐溪声，乐观流水动。佛瑶音，天外送。一身轻。

酒泉子·东径岩明香寺 (顾夐体 2)

几树茶花，旷野遍苍松立。白云飘，青翠湿，沐明霞。寺钟深隐传幽密，映日烟峦留佛迹。暖风中，蜂追蜜，信香赊。

酒泉子·鼓浪屿有寄 (顾夐体 3)

碧海潮苍，鼓浪屿琴声客醉。风扬音馈，岛中央，隔船舱。芳菲时节金门美，咫尺天涯人独记。五缘牵，家族系，国情彰。

酒泉子·岱仙瀑布 (顾夐体 4)

绿径翠涯，奇瀑岱仙双泻道。鼓鸣霄汉驾银龙，下危峰。一丘山壑入心胸，修真颜不老。依稀马氏有遗风，上苍穹。

酒泉子·延安 (顾敻体 5)

宝塔山高，曾聚杰英多少位，神州捍卫。展红旗，众相随。东方瑞气振兴时，陕甘追国梦，延安任重业恒持，振雄师。

酒泉子·勿忘国耻 (顾敻体 6)

鼓浪停鞭，历秭海门波未静，岁经甲午恨仇敌，寇倭欺。江山终古倚雄师，一呼云啸起，弩张剑拔任驱驰，戍边时。

酒泉子·山居 (张泌体 1)

茅舍枕溪，邀日倚云轩爽籁。挹晴岚，孤峭外，自耽迷。菊香喷鼻入桃畦，松野客迎人共醉。柳依依，莺啭翠。鹤飞飞。

酒泉子·黄河 （张泌体2）

跌宕黄河，澎湃浪涛雷动，御风万里吐波红，日升东。云烟天外鹤鸣空，九曲海龙归去，哪堪溅月雨蒙蒙，振飞鸿。

酒泉子·登碧山 （冯延巳体1）

扶杖携朋，拾级千层春柳路。归鸿飞，行人去，碧山登。风微烟淡染香馨，日月镜台佳处。展丰姿，邀劲舞，望娉婷。

注：碧山山顶有日月石镜台景观。

酒泉子·踏春 （冯延巳体2）

飘逸清新，莲浴白云埃不染。雨风中，蝉纱绕，脱凡尘。天长烟远恋真真，春色融融濡染。杖高峰，邀朋履，享安淳。

酒泉子·意卿卿 （冯延巳体3）

桃柳红青，桥上风帘惊宿燕。江畔舟，摇浪径，百花馨。抒怀吟友立荷亭，和烟凝香舒袖。歌柔柔，情款款，意卿卿。

酒泉子·早春 （司空图体）

旷野竹青，院下生机描淡绿。笋鞭随意露尖尖，梦春甜。暖风阔气戏卷帘，旋落桃红廊曲曲。伊人把盏自甜甜，鹊鸣檐。

酒泉子·寒梅 （牛峤体）

梦笔入怀，烟暖暗香侵月影。绽霜枝，呈瘦玉，报魁时。别来和靖共君子，空负溪泉美。鹤山看却小瑶蕊，老相知。

酒泉子·慈恩寺忆玄奘 (毛文锡体)

总把慈恩，暮暮朝朝游迹里，惠风飘荡玉楼春，佛门珍。入怀当思悟禅真，金石梵经传界外，圣僧坛上涤浮尘，度凡身。

怨回纥·古战场 (皇甫松体)

瘦影旧戎马，坡前老栋梁。破夷弓箭冷，捐国铁袍凉。船去秋寒塞，浪离春雨樯。别离余白骨，谁吊哭斜阳。

怨回纥·将军吟 (《乐府诗集》无名氏体)

孤身瘦影旧戎装，山河破碎老兵殇。剑指蛮夷风猎猎，心昭华夏气扬扬。逸志三边靖，将军负戟气回肠。

生查子·无名烈士祭 （韩偓体）

血雨鬼神惊，舍命酬家国。哪曾问姓名，一岛孤魂默。岁月动参商，两岸纷争息。时复聚英灵，魂归汗青册。

生查子·勿忘国耻 （刘侍读体）

昭然家国仇，七七深沉日。掠杀绝人寰，惨烈卢沟失。旧伤犹未毕，钓岛风波袭。东海待驱倭，雄起飞鸣镝。

生查子·农家乐 （牛希济体）

晨风杨柳丝，来客农家堡。邻屋笑声高，别院鸡报晓。俚语多，情未了，慢酌时光妙。遍野柚梨桃，绿叶红芳草。

生查子·汴河乐 (孙光宪体)

坝上稻花香，夹岸长堤陌。棉绽谷儿黄，水鸭鹅浮白。支支唢呐正迎婚，雁叫来佳客。喜煞汴河郎，笑语张灯射。

生查子·故园乐 (张泌体)

归故园，柳风引，车绕龙江进。瓜果掩楼桥，塘鲤时潜隐。浮鸭肥，篱竹紧，花盛蜂传粉。爽气透村庄，处处芳馨闻。

蝴蝶儿 (张泌体)

蝴蝶儿，舞风时，拾春阡陌展春仪，倚红带粉回。常约花畦涧，双双对对痴，寻香迷路觅香飞，直教生死随。

添声杨柳枝·乐元宵 (顾夐体)

秋夜弦歌舞赛灯，会亲朋。云龙风虎凤飞升，展鲲鹏。惬意快游如煮海，披霞彩。把杯千户福常恒，慰平生。

添声杨柳枝·乐盈门 (贺铸体)

万里秋光飞雁巡，岸边闻。半空风露玉山云，却尘薰。芳掬新晴酬故雨，友情纯。纤纤诗酒百花芬，乐盈门。

添声杨柳枝·网恋 (朱敦儒体)

城南唱，柳枝；城北唱，柳枝。惜别如今毋折时，念如丝，柳枝。续一诗，柳枝；赠伊人，柳枝。君隔星云网络随，触屏痴，柳枝。

醉公子·网游（一名《四换头》）(顾夐体1)

芸帙知时训，挥键舒沉闷。伏案小银屏，书山学海行。博客吟坛上，网络诗联访。明月挂窗前，逍遥损夜眠。

醉公子·泰宁乘筏 (顾夐体2)

壁立丹涯静，击流尘外艇。瞻仰峡幽青，俯漂人若萍。桂香迷子径，溪光明线顶。七十七湾泾，轻篙点障行。

醉公子·渔家乐 (尹鹗体)

菊黄桃李艳，嗾莺流滟滟。尽日醉芬菲，归来月色微烟波东海渐，岛礁星宿嵌。鸥鹭掠排飞，鱼苗箱网肥。

醉公子·清源山天湖 （史达祖体）

瑶池清源接。风侵通鉴，梦解时蝶。菡萏依依，翠影山中，得与周杰。危槛绝，倚天情、自锁波涵，霞壁高洁。念桐花襟染，湖泛艇舟，灵洞畔撑筏。　　拏云暗惊沉吟发。映峻岭柔光、一轮月。霁媚寒深，鹭雁声轻，谁护香洁。诗鬓雪，惹尘因、茗茶携酒，烟野昭彻。涤心常、朱子曾来，道仙凡德物。

昭君怨·黄连 （万俟咏体）

寻问神农草木，爬壁攀崖幽谷。吮露复餐风，一丛丛。且把真经参透，配与蝎枯蚕瘦。顽疾待医汤，苦良方。

昭君怨·盼归 （蔡伸体）

漫漫西风路堵，鸿雁三秋回树。寂寞掩娘亲，守村津。最是赊情怨，妻子倚窗祈愿。风雨更无眠，续丝弦。

昭君怨·盼归 (周紫芝体)

老屋篱笆花蔽，慈母腰弓耕地。古井旧时栏，水尤寒。旁小径，榕竹静，游子何时记省。人念雨窗情，梦常醒。

卷
四

◉

玉蝴蝶·乡愁 (温庭筠体)

桃园分袂伤离，俄瞬叶黄稀。草舍菊风吹，闲来问客归。烟深幽裹竹，扶醉望云霓。为问异乡儿，暮愁谁可知。

玉蝴蝶·游兴 (孙光宪体)

烟雨后，露微阳，杪枝鸥鹭翔。比翼两悠扬，喧天落矮墙。霜林艳，寒云敛，清兴览风光。山抹色苍苍，翠空流暗香。

玉蝴蝶·吴山眺望 (柳永体 1)

眺四处斜阳满，优游影迹，放逐秋光。落叶萧疏，堪动过客彷徨。塔螺旋、凭楼俯瞰，水渺渺、澄碧湖江。入山堂，故人何在，吴地茫茫。　　登望，东南第一，古今人事，屡变昏昌。挹爽风清，步云随处是仙乡。数鸥鹭、腾飞远近，豁明眸、天际归航。惹诗肠，啸吟声里，气宇轩昂。

玉蝴蝶·江海渔家 (柳永体2)

夹岸小街斜巷，曲江霞抹，峰绕烟纱。一竹撑云破水，妙剪蒹葭。入青冥、越歌渔调，舟起网、醉美鲈虾。鸟翩翩，万千情态，羽翼天涯。　　浮槎，曳开春水，桃源名久，莫问仙家。见了幽岩瑞霭，紫燕戏枝丫。橹摇风、送伊远信，忆丽影、直绽心花。放鱼儿，赤鳞几尾，远海当差。

玉蝴蝶·清明时节茶市忙 (李之仪体)

绿叶青枝情寄，露添尖嫩，滋雨清明。集市头春潮涌，早起三更。绿茶香、怡心润肺，斟极品、论辈排庚。叶菁菁，泽苗佳种，商众趋争。　　昌盛，接连数日，物流通畅，人满山城。依约一壶常记，茗盏调烹。聚晨斋、欢迎惠顾，招众友、海阔倾诚。售公平，产销齐旺，常客如兄。

玉蝴蝶·初恋 （张炎体）

留得帐栏春梦，锦花开尽，江夜香凝。虚影绮灯，恨慕意懒莺莺。飏芳丛、团团芍药，寻艳艳、时逐蜂蜓。伫身停，阁斋柳翠，新月弓形。　　曲巷拂杓天冷，流星一点，飞落谁惊。院壁花摇，透帘吟客洞箫鸣。夜漫漫、幽馨缕缕，紫藤下、移傍婷婷。意卿卿，醉痴迷路，云淡风轻。

玉蝴蝶·钱塘潮 （辛弃疾体）

一线远横，浑似蛟龙雄势，天阵鲲鹏。谁使顽重怒涌，犹若山崩。向空江、高堆沫雪，滚雷急、今日当惊。列乾坤，汪汪流水，尽数倾迎。　　澎澎，峰头直抵，三千箭弩，难伏潮平。喘吼洪钧，咆哮浊浪落轰鸣。算从来、人生凡小，休便说、宇宙纷争。自然间，循规蹈矩，顺势长赢。

女冠子 (温庭筠体)

繁花新簇，水暖春城小筑。柳轻扬，蜂蝶飞台榭，轻纱拢碧塘。小舟收网去，吟笑倚船舱。戏语痴迷汉，俏儿郎。

女冠子·秋雁秋思 (康与之体)

望南飞雁，寒埃猎猎鸣嗪，人形施展。长随瘦影，鬻腾广宇，雌雄相唤。经高山水渚，日月追随，翼从知返。践约尘寰，直领风流，香薰顾盼。　　事如烟、云梦存留眷。许温柔、同上画楼争春远。桂枝花苑，赋宋唐清韵，才华私羡。算人生苦短，谊浓言淡，意真难遣。岸前丝柳，小舟来去，几多乡恋。

女冠子·听雨 (李郧体)

　　雨檐惊梦，梁声闲断闾弄，心痕流从。饮梅时节，一袭香芳，轻寒微冻。青山遥望处，绿绮拂弦，玉璧碎琼漏空。涤尽尘埃留艳质，休问哪家仙种。　　湖江缥缈丝丝送。磨洗几层树，淅沥临风动。北观南纵，共话剪烛影，相知心痛。引人魂似醉，旅程缱绻，画壁雕栋。最是逢初霁，怎生禁得，思乡泉涌。

女冠子·伊犁行 (柳永体1)

　　柳林飞絮，鸣丝路、山鹰鹤鬻。草痕绿、恋蕊蜂舞。弄花彩蝶，惹人雾景风光、竟常驻。波暖银塘，涨游鱼跃无数。雅歌伊犁美，弃车停步，戏鸳鸯误。　　梦里逐牛羊，青稞醉酒，惠远楼头昼永，披襟望、云杉密布。乐悠古韵，天外仙乡烂柯处。别馆清闲，语谐筵、海杯甘露。更推窗邀月，独吟酌饮，献山河赋。

女冠子·蝴蝶 (柳永体2)

万千红紫，自翩跹，雌雄蕊。破冬茧、新绒春媚，飘飘庭舞，仪形妍态，轻云时贵。缤纷一片朝霁，迎来雨露牵情蕾。疏篁曲径，畦潭点点，飞来转徙。　　莫负闲情，今似繁星耿耀，暗叹粉嫩双双翅。绿萝丛里，却由人、萦愁梦底，每拟曾谐怨累。因循便忍亲弃，梁山泊祝英台泪。涅槃重过，三生赴命，千家眷寄。

女冠子·萤 (蒋捷体)

冷芰荷露，竹窗翻隔空慕。银潢星洹，故堤长梦，闪动随风，琉璃光顾。匆匆灯挂炷，不是暗尘明月，一枝鸣鹭。去无痕、荧点点尽，羞与蛾儿争妒。　　繁华谁解西园趣，孑然寻行迹，柳外清音舞。似残红炧，夜幕里隐隐，杏村几户。犹轻纨扇抚，待把小虫扑，照人书句。旧径新声里，倚墙尤念，案萤佳主。

女冠子·野浦渔父图 (《花草粹编》无名氏体)

湖心打桨、戏风波，野渚鸥向。蕉蓑短笠丈，幕天随地惯，笑乐悠悠，放收渔网。竹林歌犹未彻，足蹈轻寒，一舟摇漾。隐踪仙子，遣莫愁怀，惯听潮响。　　对樵人、山径遥遥望，梦渔人、收纶罢钓归南舫。茗花瓦饷，唱畲歌数段，招飐酒轩欢畅。春云空寄语，雁过声声，水深天旷。隔倚屏、枝蕾惹蝶，紫陌双双狂荡。

中兴乐·春游仙浦 (毛文锡体)

莺声婉转过江滨，芬芳一季怡人。柳丝缕，花雨，涤轻尘。临风紫陌廊桥渡，游仙浦，凤飞龙舞，云驭，耕读名村。

中兴乐·山晨 (牛希济体)

云缠乳带大山中，清溪暖碧花红。芬影摇风，日挂村东。临风莺啭涧松，泉叮咚。桃夭柳媚，乐山娱水，啸咏诸翁。

中兴乐·春月 （李珣体）

滑柔滴碎雨绵绵，莺啼翠柳如烟。寂寥寒舍，相问无眠，谁知春思萦缠。蒂双莲，曲池影瘦，曼舞随风，逝水流年。　　几时明月照人前，昨宵梦倚君肩。镜屏凝睇，泪落吟笺，忍辜前约堂筵。抚丝弦，竹西歌吹，扬州吟舞，幽谷鸣泉。

纱窗恨 （毛文锡体 1）

先弹一曲鸣天籁，水云间。至今犹记蓬门外，落花边。后园里、望蝶伊立，香风醉、别样娇妍。影落纱窗，恨绵绵。

纱窗恨·孤影 （毛文锡体 2）

相思最是心难定，独伶仃。清寒月夜纱窗冷，梦初醒。已三更、黯然萤火，映落花、人盼天明，不语含妆泪，影孤灯。

醉花间·空巢 (毛文锡体 1)

真思念，怕思念，思念心儿变。哀乐凭谁依，望子晨昏盼。
离村工地远，旅雁难回返。他乡露结霜，何倚嘘寒暖。

注："凭"字可平可仄，意义相同，此处取仄。

醉花间·思恋 (毛文锡体 2)

深相恋，莫相恋，相恋难相见。才忆海之涯，复逐枝头雁。
趁梦满心欢，无由来扰串。遥望一江潮，隔岸何时返。

醉花间 (冯延巳体)

烟雨歇晨花半树，乡村香透路。飘逸若纱巾，轻缕枝间雾。
山川风景布，竹径清梅处，姣美姑娘顾。春装好换俏风姿，约来
时，君莫妒。

点绛唇·桃源小筑 (冯延巴体)

小筑深山，相逢娱乐桃源住。竹藤桥路，花掩鱼塘户。　觅径蹊林，轻啭鸣声处，观雁鬶。且将情托，飞寄他乡主。

点绛唇·畲村 (苏轼体)

静水溪流，蛙声乡梦，环峰耸。云深竹拱，夕照清风送。小苑金秋，红蕊门边缝，山哈众。踏歌间弄，持杖头龙凤。

点绛唇·遐思 (韩琦体)

弄翠峰峦，两江双流碧波遥指。鹤楼高视，楚渡风云起。须信平生，波空人远浮沉里。奚囊济，客愁无际，唯涌朝朝水。

平湖乐·水镜村漫想 （王恽体1）

成衰嗟叹总无凭，善荐贤才聘。但得人明水如镜，国家兴。潮流四海飞云劲，举鲲鹏翼，只争朝夕，看虎跃龙腾。

注："看"字可平可仄，意义相同，此处取平。

平湖乐·青岛栈桥 （王恽体2）

栈桥琴屿映灯飘，飞阁回澜绕。绮薄霞光海涛淼，接云霄。长龙卧水惊风啸，江山信美，关前遥想，凤凰梦、紫薇娇。

平湖乐·登高 （张可久体）

经风经雨又重阳，遥对江山望。天地多情梦多强，护家邦。春蚕吐尽丝千两，清源客向，疏林高唱，鸿雁翥云翔。

归国谣·放鹰 (温庭筠体)

鹰鸷，浩气遏云高远处，御天风振灵舞，一飞何眷顾。浩气贯胸惊悟，叹孤高自误，盼雄风展仙羽，更翱翔宇。

归国谣·临濮垂钓 (韦庄体)

垂钓客，水上雁翎飞鹤泽，波静老塘澄碧，千秋传故迹。甘愿独孤舟楫，漆园高卧壁，得拒楚王招集，逐行云鹄立。

归国谣·历山渔耕 (颜奎体)

金沙熠熠，红霞高挂壁，历山渔渡舟楫，半窗明月白。湖山钓纶抛掷，露晞知夙昔，东君忘了前迹，吹浮萍漫泽。

恋情深·秋思 （毛文锡体 1）

独有痴心填弱水，满窗霜蕊。怎堪诗意付长吟，懒弹琴。庭前丹桂为谁钦，云雁绕烟浔。暗烛影蝉凄切，恋情深。

恋情深 （毛文锡体 2）

雁羃天山捎远意，醉花蜂戏。风裁翠柳拂青林，闹春禽。小窗眉黛蹙无心，一味动金针。昼夜作、鸳鸯帕，恋情深。

赞浦子·秋饮 （毛文锡体）

锦帐章台梦，金炉月下箫。不雨花犹落，无风柳亦摇。合是翻飞贝叶，偶来涌动心潮。浩浩高秋远，浑浑美酒饶。

浣溪沙·花雨 （韩偓体）

细雨檐牙涤暮晨，梦萦村寨朴还淳。无弦绿绮系诗魂。情语最深真谊谱，意书诚广信时文。拄撑花伞护花芬。

浣溪沙·忆游 （薛昭蕴体）

遥想渡头秋正雨，素颜红袖倚阑干。印沙鸥迹印河滩。一片冰心逢婉约，几回霞袂见豪欢。捕光追影溯源源。

浣溪沙·采莲时节 （孙光宪体）

风送池边倩影香，蝶飞蜂舞近荷塘。雨魂云梦道昭彰。船入竹撑荷伞动，云随流涌玉盘航。雁鱼来，愁绪去，享芬芳。

浣溪沙·南社百年华诞 （顾复体）

孤馆徘徊瘦影身，蓼花微雨散清芬。秋欲深，忘不了，老军门。应续百年诗曩旧，欣承三地赋辞新。品纯羹，南社诞，响臻臻。

浣溪沙·风语 （李煜体）

愁眼醉将风语撷，阶前昔也迷蝴蝶。无奈案前笺蹙折。云霞岂锁乡关结，瀚海难分儿女列。渺渺蒙蒙情切切。

醉垂鞭·客梦 （张先体）

旅雁莽苍苍，张云翅，捎高意。朔漠寄衷肠，角楼明月凉。痴心填弱水，红尘累，柳丝黄。只为夜初长。伊人归梦乡。

雪花飞 （黄庭坚体）

痴念无端善感，芙蓉月忆街前。杨柳风梳梦后，吟旧时笺。尚有荧屏泪，通宵网络连。何处伊人自醉，雪舞窗间。

沙塞子·思君 （朱敦儒体）

倩影轻云闲望，丝雨媚，信风浓。寄梦独思卿切，两朦胧。细数寒星遥夜，烟树远，响鸣虫。翻断痴心年历，夜月中。

沙塞子·柳 （葛立方体）

婆娑倩影丝绦，曳照水、娉婷碧霄。湖畔立、绿荫飞阁，雨顺风调。　　东君如剪也如刀，得一片、轻吹柳条。来蜂蝶、帽檐斜插，乐舞逍遥。

沙塞子·武夷 （周紫芝体）

绿浮春水渡千潭，醉眸瞩、风雨青岚。武夷月、浸寒波荡，碧玉簪嵌。暮朝排送绕溪岩，望四野、葱郁平添。寻名胜、大王峰对，玉女纤纤。

沙塞子·冬砺 （颜瑞体）

冬月玉溪寒彻，竹影瘦、寻梅踏雪。觅孤舟、鹤舞轻烟，迷人时节。凭栏每诵英杰烈，倚云志、萦怀激烈。一年年、虎奔龙啸，民安风骨。

殿前欢·福堂 （张可久体1）

夜沉沉，背人长忆泪痕深。攲斜绿盏烟波月，追问如今。难抛苦乐心，斑须发，一梦梨云达。福堂庭字，柳畔清音。

殿前欢·保国寺 (张可久体 2)

草芊芊，梵清灵寺已千年。芙蓉幛内仙成道，殿客参禅。楼中像自然，经偈人间宝，逐意浮云老。涵沈保国，憬悟颐贤。

水仙子·西湖丁家山 (张可久体)

莲青碧碧柳丝柔，竹径云天看野鸥，浮桥静草佳人候，西湖水自流。咏怀厚意何求，丁家岫，万籁幽，林鸟啾啾。

水仙子·咏梅 (倪瓒体)

凌寒清气碧襟胸，南浦山横傲雪淞。修枝劲骨花虬纵，斜阳玉干丛。犹能不屑群雄，芳华幽蕾，馨香味融，醉是梅风。

霜天晓角·蜂 （林逋体）

穿梭天地，采蜜桃心寄。赞妙曲嗡嗡处，声摇动、芬芳翅。

粉配，雌嫩蕊，换来甜与美。一瓣缠绵风舞，酿夙愿、千花醉。

霜天晓角·空山鸟语 （辛弃疾体）

星移物换，万里烟霞漫。禽语别山时候，黄花小、鸣岩畔。

细听相思啭，白云腾嚼雁。人老枕边休晚，得且住、唐诗看。

霜天晓角·回乡 （赵师侠体）

梦牵魂绕，柳绿花红岛。轻桨飞舟茅草，随波剪、水云道。

故园双燕老，发小相呼笑。唤起儿时嬉闹，全没个、大家貌。

霜天晓角·新春 (葛长庚体)

夕阳斜照，云霭山间绕。朵朵红梅烟杪，香色报，春色报。
佼佼，风采妙，莫负欢颜貌。许是时光荏苒，千枝俏，万枝俏。

霜天晓角·秋怀 (程垓体)

菊影问窗外，旧愁重织殆。怕对素蟾光袭，空欹枕、独无奈。
人每恨关隘，隔遥连数载。意乱如麻心绪，生花笔、也难解。

霜天晓角·怀人 (吴文英体)

终宵难寐夜，萦绕秋曲野。阿个盟谁虔者，痴邀醉、念心挂。
尔雅，风送罢，享清蟾月下。一笑千山悠远，烟云寂、失迎讶。

霜天晓角·恋 （黄机体）

柳岸河塘，月侵人倚窗。越调吴吟消夜，采艳句、引思长。

树烟云绕廊，泛舟罗绮扬。消得个休闲处，情脉脉、水泱泱。

霜天晓角·山哈 （蒋捷体）

伊尔临妆，偶披肩发长。束起成梳对镜，编凤冠、倩畲乡。

兰裳，金玉镶，缀鸳鸯艳芳。畅饮在谁堂上，哥妹唱、问斜阳。

霜天晓角·醉林 （赵长卿体）

阁轩怡养日，幽渊面小窗。逸韵蕴芳春盏，梅争艳、鹤飞翔。

拾睡且入梦，醉茗消俗意。月照满林寂静，溪涧里、鸟喧藏。

清商怨·股市有风险 (晏殊体)

高抛低吸怕绿满，割肉愁恨晚。战斗牛熊，股民多泪眼。风投须知细辨，莫瞎上、本无神也，韭菜成群，时时挨割乱。

清商怨·留守孤老 (周邦颜体)

村头斑竹泪小，白发平添了。日日黄昏，屋茅收晚照。寻工人去路杳，彩信中、诸子留好。怕是虚招，空言空慰老。

清商怨·乡思 (沈会宗体)

归梦牵魂故里，柳绿花红紫。月淡潮酥，清香乡野翠。谁遣呢喃燕子，如发小、对对双双起。树远林幽，枝头风信示。

伤春怨·孤老 (王安石体)

碧水晴岚绕，绿柳榆钱林杪。妪倚路桥边，极目乡关归道。料得年年老，泪打春衫袄。把酒祷东风，护佑儿孙好。

卷
五
◉

菩萨蛮·在雨中 （李白体）

浓云解意缠绵雨，连天万线朦胧舞。看碎玉圆珠，若瑶池曲图。伞风聆响起，竹扰芸窗里。楼上有人愁，残红流叶浮。

菩萨蛮·颐和园 （朱敦儒体）

千娇百艳寻常事，重来远客游春醉。皇苑透兰香，倚栏何处妆。鹭鸥湖翥翅，帘瀑颐和恣。一曲径回廊，满庭红绿裳。

菩萨蛮·五台山 （搂扶体）

千峰烟绕生寒近，五台禅塔云中隐。仙境涤心身，钟馨入耳闻。百家僧寺在，耸立由天籁。万象世尘哉，佛香幽径来。

采桑子·西湖好 （和凝体）

波光漾漾西湖好，绿满苏堤。台上莺啼，细柳依依拂面吹。平湖曲苑南屏月，峰塔云霓。花港鱼迷，莲里吴歌画舫移。

采桑子·武夷精舍 （李清照体）

山亭云谷霞光耀，精舍幽芬。精舍幽芬，玉女浑然、丛竹翠风薰。宗师一代狐书声，释理传文。释理传文，绘得濡毫、哲士武夷尊。

采桑子·游千岛湖 （朱淑珍体）

春风尽染行吟处，碧水轻舟。云雨霞浮，值是蓬莱鹤舞洲，撒网育苗稠。　　柳垂桃艳人陶醉，画舫悠悠。千岛湖游，执手轻盈兴盎然，入画引情眸。

后庭花·会友 (毛熙震体)

佳缘会友欢和乐，逍遥品酌。醉眸乡梦餐霞阁，晚风南岳。青梅竹马当年约，想来如昨。幽怀明月秋千索，露凉空廓。

后庭花·茉莉 (孙光宪体 1)

夜阑舒展娇妍绝，素颜如雪。枝柯嘉树琼花月，百蕾端洁。引缠绵婀娜、香浓郁，玉朵仙葩拂。轻盈蝶绕佳人撷，鬓添欢悦。

后庭花·西湖 (孙光宪体 2)

镜湖环翠桥头柳，一舟摇秀。陆羽茶经香晷漏，物换星斗。百顷波潋滟、碧莲风透，曲廊回构。卧水虹桥雕错镂，越女临牖。

后庭花·陈宅七星村 （张先体）

双溪润物人文远，古轩鸣啭。桃芳谷草通幽，大树龙根蔓。一丛星斗陈村绽，地灵余赞。俊才棋布星辰，史多铮铮汉。

诉衷情令·那时 （晏殊体）

丝垂柳暗浪推舟，堤岸正飞鸥。晚风微雨斜巷，双燕剪西楼。观逝水，掩沙州，染离愁。那时牵手，山海盟游，陶醉双眸。

诉衷情令·南音 （欧阳修体）

操弹微拨弄琴筝，谐袅袅箫声。何来夜月砧杵，唱一曲、望江亭。思往事，惜枯荣，盼安宁。慢歌幽怨，满座倾心，倚醉卿卿。

诉衷情令·月夜 (张元干体)

软风拂柳翠含烟，光影满江天。青溪一脉浮岩岫，独立落花前。云下酒，月邀筵，夜无眠。泉栖佳筑，几处蛙鸣，更把情牵。

减字木兰花·橘子州 (欧阳修体)

沙州碧水，缭绕烟波浮远美。飘桂湘江，桔菊繁开楚岸香。云霞蔚宇，归月移舟鸥鹭舞。留记英雄，凤翥龙盘绝世功。

卜算子·法华寺八景之莲山茶韵 (苏轼体)

煮茗润诗肠，钓韵修真意。淳静还参月色凉，品味生如戏。童趣老犹狂，嘤鸣无挂累。阅世浑经万里霜，一盏莲山醉。

卜算子·法华寺八景之古柯朝圣 (石孝友体)

古刹千年树，宝刹千年处。宝刹风尘盛与衰，倚圣奇柯伍。佛法荣枯悟，护法荣枯顾。悟顾相生护法真，叶叶朝朝舞。

卜算子·法华寺八景之石壑听泉 (徐俯体)

听泉观慧心，滴水能穿石。臼壑叮咚启妙音，洞悟天然得。凿凿甘甜滴，修引凡尘涤。山外青山世外人，禅佛在、留仙迹。

卜算子·法华寺八景之法华古道 (黄公度体)

古道法华幽，曲径莲山路。佛道潜修结法缘，续昭爱、师禅度。循迹上支提，松竹清风步。灵气通玄洗俗尘，暮暮朝朝悟。

卜算子·法华寺八景之憩牛参禅 （黄公度体）

卧石憩牛参，绍际宗师祷。哞叫同治显性灵，易经卜、非凡宝。真妙理双栖，斯物天然好。禅法安详自在听，顿悟莲山道。

卜算子·法华寺八景之纹石藏趣 （张先体）

妙趣纹石多，表理图腾现。描墨谁家百样形，但道是、神仙变。　　经文藏贝瓣，斑驳修禅显。凝聚成群参法华，展一幅、天然卷。

卜算子·法华寺飞来菩提 （杜安世体）

龙伞飞来树，护法菩提固。吹浪龙鱼听经说，众石聚、金刚驻。　　静修有佳处，栩栩乡翁顾。直入莲山法华寺，细认取、般若路。

卜算子·法华寺八景之进士帽石

(《花草粹编》无名氏体)

乌纱帽石弘，进士陈门中。奇嶂幽岩料峭攀，唯有西岐宠。寄语尚书林，巧读聪明种。学海攻关在法华，潜心圣境成功众。

一落索·福州西禅寺 (《梅苑》无名氏体)

画栋雕梁迷客，梵音榕迹。塔前三友一枝芳，来报先春集。景趣幽香红湿，西禅凝立。木鱼声里悟天机，臻化随缘及。

一落索·滕王阁 (吕渭老体)

丝柳幽欢野鹜，水滔喧渡。滕王一阁耸巍巍，隐隐红尘处。郭外艇舟行贾，洞庭湖路。江帆堞垒入眸中，王勃赋、情无数。

一落索·访青芝 （毛滂体）

怪石奇岩生妙，入眸故道。槛泉秋月守花枝，百洞叠、青芝巧。　　松竹鹭鸥飞闹，相思树绕。行看景点各不同，寄留处、人空老。

一落索·蚁族天游峰 （张先体）

随萦蚁族丹岩上，白云间望。尽收千笏势磅礴，陟蹬处、天游旷。　　排绕青螺流响，大王归向。数声鸣鸟唤长空，飞比翼、心欣仰。

一落索·剑溪行 （秦观体）

书空枫叶如火，一地芦花朵。雨潮幽涧水鸣弦，拍摄处、轻舟过。　　翠辇起风雷裹，剑溪云烟锁。暮冬景色众人痴，享野趣、消烦琐。

一落索·杂咏 （严仁体）

尘事如麻频忆，漫翻撕皇历。小窗烟月感当时，倚拥处、蜂飞花逸。　　别后暗翻前笔，杂吟闲律。竟成了满腹幽情，独自个、青衫湿。

一落索·竹之魂 （陈凤仪体）

岁寒诚契松梅友，格标摇空斗。节风傲世贵纯真，一拨拨、攀星宿。　　碎骨炼魂时候，笔飞龙蛇走。死生壮烈对荣枯，书画纸、精神守。

一落索·追鱼 （欧阳修体）

知时瑞雨千山翠，暖风微醺醉。柳烟罗幕护春寒，紫燕绕、莺鸣卉。　　曲廊楼榭谁家子，引箫清溪水。拏云奋袂绮霞飞，戏渔处、嬉声美。

好时光·教读古典诗词 （李隆基体）

幼学宜诗师古，西化事、太昏昏。怜惜好时光里，童年咏颂勤。自小弘精粹，习大大、护基因。一脉文源远，勿忘国之珍。

注：据新华网报道，2014年9月9日，习近平主席在北师大看望一线教师时说："我很不赞成把古代经典诗词和散文从课本中去掉，'去中国化'是很悲哀的。应该把这些经典嵌在学生脑子里，成为中华民族的基因。"作为中华诗词的创作者，深有感触，特填词一首以记之。

谒金门·寻梅 （韦庄体）

吹香路，村外断桥寒渡。花自孤怜人自步，觅寻枝蕾数。流水钓溪鸥鹭，与鹤子携梅妇。最是落花春寂处，静幽心默悟。

谒金门·菊影 （孙光宪体）

人莫怪，耽隐逸平生爱。及酿溪潭春瑞霭，吟秋蜂蝶在。苔砌寒，蛩鸣籁，谁抱着孤芳摆。艳淡石崖缘梦界，餐英香瓣彩。

谒金门·秋绽菊 (周必大体)

秋绽菊，竹径缀、重阳馥。霜杰涧边看隐束，风流尘外伏。　　最是斜阳归犊，牧笛里、顽童逐。彭泽弃官心意足，躬身耕与读。

谒金门·仙人谷 (程过体)

鸣紫燕，幽径绕清溪恋。隔叶黄鹂莺鸟啭，叠瀑巉岩涧。果木青藤芳草甸，晓色又催人念。怀古凭栏闲顾眄，乐熏风润面。

柳含烟 (毛文锡体)

含烟柳，净无尘，片雨丝风滴露，且撑花伞享清晨，乐怡神。何处芦笙横笛曲，童牧悠然步绿，满园春色满园亲，近芳邻。

杏园春·螺洲 （尹鹗体）

烟潮水渚螺洲，龙津夜月横舟。高臣乐土士名流，羡千秋。濒江跨海连榕郭，吟鳌眺虎同浮。柑珍蛏罕桂花收，美名修。

好事近·晴畅 （宋祁体）

昨夜雨潺潺，春草嫩芽萌发。花路艳生香暖，百禽争喧舌。桃源约住友朋亲，临窗盼新月。乍起日初晴畅，感时皆欢悦。

好事近·睡莲 （陆游体）

卧态甚娇怜，蜂眷蕊偎香翠。潋滟碧波天醉，忆羞云期会。何须名号也称莲，春妒许痴对？池榭断霞灵卉，叹瑶池曾睡。

华清引·秋菊 （苏轼体）

金风送爽露微微，瘦蟹初肥。一阶星点凝玉，铃排小样随。独留傲骨待陶追，顾怜疏绽霜枝。翠华篱竹缀，村笛牧牛回。

天门谣·武夷 （贺铸体）

行旅天游览，武夷客、蚁穿峰险。晨雾敛，大王丹霞染。九曲上排凌波滟滟，玉女青螺回绕嵌。人倚槛，放眼处、齐烟鸥点。

忆闷令·倚窗 （晏几道体）

莫寄真情风镂月，独醒松前雪。云遮片片难圆，恩爱常如缺。渐老秋花灭，一腔思怀切。倚窗望、雁阵南飞，天壤云泥别。

散余霞·黛玉 （毛滂体）

秋窗消尽红楼冷，露沁湘竹影。春梦双木仙姝，葬花花不幸。寒潭径幽独静，咏絮才思骋。心事枉锁颦蛾，世人谁解定。

好女儿·两岸情 （黄庭坚体1）

峡海梦长牵，相见更无言。往事诸多甘苦，把手泪涟涟。且话合家欢，血脉续、家学姻缘。冲寒破晓，春风两岸，化雨新天。

好女儿·茶缘 （黄庭坚体2）

茶道古今承，茗香众垂青。陆羽淳泉添火，惟脱俗凝澄。玉盏覆银觥，尽清奇、回味甘生。愿教涓滴酬知己，一品梦萦萦。

好女儿·诗词中国赞 (晏几道体)

有道平生，天幸真诚。贵为斯、致用吟风赋，又相逢伯乐，执鞭驱骥，一路欣荣。醉是诗词中国，振兴事、唤龙醒。想荧屏、网络精兵集，又多轮竞赛，红笺微信，盛世欢声。

万里春 (周邦彦体)

长亭柳絮，燕穿桃林路。正风扬、缕缕清香，且携佳友顾。物象潜移悟，我心在、静虚之处。动诗肠、曲水流觞，醉云霞孤鹜。

彩鸾归令·乡行 (张元干体)

新野初晴，乳燕穿梭戏柳莺。赋闲老汉奏芦笙，带孙甥。采茶云谷田家乐，绿绕峰峦润草亭。动烟三二爨炊坪，倍温馨。

锦园春·泛舟 （张孝祥体）

感椰风醉，微波双入桨，海云连水。宿鹭惊舟，绮霞归渔妹。沉浮万类，逐南北、浪踪星岁。梦里天涯，壶中日月，源流知味。

太平年·水立方APEC会议有感
（《高丽史·乐志》无名氏体）

京城今日群芳媚，亚太齐欢醉。鳌宫经贸主宾议，演笙歌国粹。合作联盟和平贵，幸福人民卫。圆梦展鸿志，骇俗惊世。

清平乐·望江 （赵长卿体）

长江汉水，叠浪寒烟翠。楚岭荆山红叶坠，望三镇、人儿媚。寒窗露冷风流，那年黄鹤悠悠。千载白云高古，念伊笑梦频收。

清平乐·过家家 （李白体 1）

两根修竹，拽跨卿卿足。起轿顽童鸳鸯束，装扮新娘羞哭。耍耍唢呐来回，伪娘相伴趋陪。一笑平生百媚，诙谐花脸围追。

清平乐·观郑成功日光岩水操台 （李白体 2）

练台犹在，风浪鼓沧海。驱虏多年复台界，赫赫战勋名载。虎势危石峥嵘，万古江山要塞。最是成功豪迈，卫国保家民爱。

忆秦娥·夜行船 （李白体）

行船别，流沙似语回潮咽。回潮咽，南楼后夜，一川烟月。半堤湖绿侵残照，平楚别梦音尘绝。音尘绝，低帆风外，鹭鸥惊鹁。

忆秦娥·情到深处 （晁补之体）

酡颜醉，清幽小径园林翠。温馨对，心潮波动，想亲亲美。牵手双眸闲泛蚁，三生谁解其中味。携行倚，此时幕幕，毕生铭记。

忆秦娥·弥勒 （石孝友体）

甘霖寺，慈颜笑对人间事。人间事，腹容天下，妙门仁智。庄严罗汉度尘凡，如来坐地呈高贵。呈高贵，青莲灯伴，佛禅心醉。

忆秦娥·倚窗望月 （秦观体1）

烟云尘海常如缺，处世唯诚珍傲骨。　秋菊春花老杪头，高情逢古倚窗月。　倚窗月，云遮片片常如缺。常如缺，一怀诗绪，连番心血。春花菊老存风骨，肩山吟耸芳余烈。芳余烈，几多热爱，真情人物。

忆秦娥·泛舟 （秦观体 2）

三都城澳富韶华，海雾和风沐瑞阳。　多少风流鸥鹭客，泛舟剪水水苍茫。　水苍茫，轻舟载我剪波航。剪波航，且闻鸟语，还览峦冈。迷烟海雾浮朝阳，金光一片悠洋洋。悠洋洋，共鸣晨驾，鸥鹭飞翔。

忆秦娥·秋之雁 （倪瓒体）

秋之雁，纷飞万里云天远。一行人字，几声鸣变。青山久负高明眼，无端风雨遥羁绊。梦缘塍岸，望空啼唤。

忆秦娥·农家福 （冯延巳体）

芳草绿，涧壑桃红蔟。馥馥，蜂蝶翩翩风栉沐。家山春日喜春熟，稻浪层层逐。幅幅，谱就小康农家福。

忆秦娥·多情雨 (张先体)

多情雨，掀就青丝缕。风入户，惊羡高楼双燕舞。醉卿卿、牵梦泊洲路，清影鸳鸯慕。熬不住，莺友争喧花满树。

忆秦娥·溪潭瀑 (毛滂体)

瀑瀑，瀑练凌空谷。和风，散落琼珠雨雾蒙。寒潭云影鸳鸯对，引动鱼千尾。相追，一片金鳞逐浪肥。

忆秦娥·杨家溪有悟 (贺铸体)

雾朦胧，杨家渡客排匆匆。排匆匆，凌波撑摆，笑语扬空。一流蓬转明霞东，秋寒枫叶如花红。如花红，吹开吹落，一任清风。

忆秦娥·渔樵乐 (颜奎体)

　　水云幽，沐芳斜日飘萍洲。清风薰处，翠竹悠悠。鸥鸣雁荡芦花柔，樵渔对答含烟舟。龙吟凤舞，江岸歌喉。

RI
NING
CI

日　宁　词

卷六
◉

更漏子·野渡垂钓 (温庭筠体)

一钩牵，长放线，犹爱玉潭幽涧。凭隐没，任飘浮，且随缘静修。　　悠闲树，栖鸥鹭，夕照层峦野渡。一队队，一声声，轻舟剪浪行。

更漏子·剪纸赞 (韦庄体)

红纸张，凭巧手，剪百媚千娇秀。飞玉兔，舞雄鸡，运刀雕镂撕。　　边马跃，山海逐，戎士骋姿龙族。闲套色，巧镶平，草根藏杰英。

更漏子·乡梦 (贺铸体)

忆家乡，乡梦里，阔别故园游子。数落叶，着番秋，边关岁月稠。　　独凭栏，人远视，过雁疾飞如矢；天际隐，惹离愁，遥遥无尽头。

更漏子·夜饮 （欧阳炯体 1）

月光盈，窗影印，倦鸟入梧桐近。且倚槛，独酣酣，茗花冰盏耽。　　陆羽，凝情处，也不过清泉露。唯此刻，品淳甘，更清心静参。

更漏子·江南春 （欧阳炯体 2）

春水碧泓融四野，早霞绮染天涯。山墙杳出小桃花，江畔野田家。红袖舞，采新茶，香风独醉娇娃。邀君与我入青芽，茗花人自夸。

更漏子·连战先生受聘北大名誉教授
（孙光宪体）

习连欢，双手握，更醉雪飘春渥。频笑语，乐和平，破冰联岛京。　　桃李旺，百花荣，校园橄榄枝迎。回北大，聘相迎，师门两岸亲。

更漏子·春韵 (《天机余锦》无名氏体)

瑞雨停，柳烟淡，千岭莺鸣花掩。绕梁燕，闹衔泥，力农开火犁。惠风清，蜂营蜜，抱蕊舞灵翼。众姊妹，采明前，村郊快乐天。

更漏子·田园乐趣 (杜安世体)

丝柳舒桃，暖日淡烟高，水润乡郊。四野琼茅，绿竹风里，香迳舞燕莺哓。别舍悄悄闲庭，堪避去市嚣。免却了驰驱，啜茗浅醉，独享逍遥。思想厚黑招招，直惹得苛烦，枉陷腥臊。幸有青溪，白云波映，升平且乐诗骚。樵隐众丘寻迹，小楼倚枕袍。赏先贤留画，旧游题书，感受清操。

巫山一段云·惬意山居 (李晔体 1)

草阁酣高卧，伊谁扣竹扉。一声欢笑友归回，隔峰烟里晖。
还醉半坡林岫，静睇鸳鸯双宿。山清水润绮霞红，松云万里风。

巫山一段云·乐春耕 (李晔体 2)

薄雾群峰罩，弦琴丝柳闻。爨炊烟袅绕畲村，催动一山春。
乐布谷声声送，播雨耕田众众。扶犁鞭响彻层云，喧闹满乡屯。

巫山一段云·登山 (毛文锡体)

石径蜿蜒上，通宵雨润山。鸟啼鸣唤树花妍，倚伴撷云间。
旭日薰霞绮，高岑律动烟。朝朝暮暮练峰巅，快乐似神仙。

望仙门·观渔 （晏殊体）

柳椰轻舞紫烟扬，郁苍苍。高歌一曲海茫茫，捕鱼忙。钓角寒鸥起，轻波逐浪飞翔。茗斟兰棹品清香，品清香，渔艇赛仙乡。

占春芳·游湖 （苏轼体）

丝柳翠，桃红缀，茗盏占春芳。一叶兰舟波荡，暖风拂云生香。更解语花乡，把琼壶、谁诉衷肠。棹歌湖畔盟鸥鹭，追逐时光。

朝天子·游园 （晁补之体）

紫燕初飞矗，云弄巧，一湖春树。芳草处处，淡抹浓妆聚。渐日照、烟山螺黛路，惹得伊人频眷顾。摇桨去，泛萍聚、怡情歌赋。

忆少年·重阳 <small>(晁补之体)</small>

心怀陶柳，心随野鹤，心尘无染。登高逐秋意，雁排云浮掩。古刹钟声敲正点，佛音绵、竹篁松槛。樵风隐幽径，菊天茱萸蘸。

忆少年 <small>(曹组体)</small>

儿时雪仗，儿时捉鲫，儿时掏蛋。桃红绿柳近，摘寻青梅玩。驾竹马、齐抬花轿转，折青蛙、打珠弓弹。流连忘归返，乐鸥鸣鹭唤。

西地锦·西出阳关 <small>(蔡伸体)</small>

落叶西风残照，映胡杨树杪。黄沙莽莽，金戈铁马，边城谁造。百战神兵幻杳，蜃楼知多少。高台望月，鸣泉雁阻，英雄空老。

西地锦·幽涧 (石孝友体)

朝暮戏林声啭，醉是悠然雁。风儿阵起，雨儿阵歇，翔舞浮云变。叠翠瀑泉珠溅，凫水鸳鸯恋。潺潺响也，湍湍激也，蕴迷人幽涧。

西地锦·莲 (《梅苑》无名氏体)

玉叶轻摇花动，独占灵光宠。芳香隐隐散西东，层绿凌波送。蜂蝶蜻蜓舞弄，且摄入、清莲梦。惠君撷向拜佛台，一曲瑶池颂。

相思引·空巢 (袁去华体)

豆腐南瓜鸭蛋汤，菜姜麻饼点茴香。退闲樵客，嘘火吸烟忙。春老菖蒲秋已过，路遥儿辈影茫茫。无由惊雀，飞惹引空望。

相思引·军马 （《梅苑》无名氏体）

　　啸长空，剽夺隘，泼墨悲鸿风采。高骨挥毫韩独爱，赤兔惊飙快。飞燕白龙巡塞寨，多少杰雄心在。百战沙场成与败，诚烈存忠慨。

　　注：韩，即唐代画家韩干，以画马著称。

相思引·观渔 （《古今词话》无名氏体）

　　岛排松，礁绕树，南北随风鸥鹭。凫水凌波翱翥，朝暮云霞舞。独上小舟怀故侣，醉是大江东去。烟海逐波惊棹处，张网鱼虾捕。

落梅风·畲家三月三 （《梅苑》无名氏体）

　　烟陂寒柳水鸣蛙，离枝翠鸟衔花。一池碧碧映流霞，赛仙家。爨炊茶饮山哈醉，松亭竹落梅斜。对歌男女数娇娃，顶呱呱。

江亭怨·蒲松龄 （《冷斋夜话》无名氏体）

牛鬼魅狐独爱，尘世事多昏殆。铁砚笔搜神，精变权臣腐败。讽喻起民愤载，陋室聊斋棚在。瓜熟忆松龄，吊月秋虫苦菜。

喜迁莺·山居春耕 （韦庄体）

春日里，试新醅，陶醉半坡梅。凤凰山上叩柴扉，樵叟牧童归。布谷鸣，霞友笑，一鹤冲天妙。扶犁双手掌千斤，鞭响彻祥云。

喜迁莺·雨竭风清 （冯延巳体）

云轻淡，雨萧疏，帆影送耕渔。舒桃丝柳戏游凫，礁屿草舒舒。鼓松涛，闻竹籁，拂面春风霞彩。浮埃多少客中人，偷闲半隐身。

喜迁莺·春思 (薛昭蕴体)

扬新绿，早莺啼，竹影映梅溪。润桃舒柳映波晖，百草露依依。雨一犁，春风里，戏掌鸭鹅浮水。满园香桂透乡闱，倚枕小楼扉。

喜迁莺·春钓 (李煜体)

一钓里，白头翁，初雨后晴红。燕莺轻捷戏长空，闲坐岸溪东。抛杆定，修身静，独隐夕阳幽径，锦花鲈鲤篓腰中，归待饮醅浓。

喜迁莺·行摄 (毛文锡体)

松树岭，喜迁莺，楼影卧波清。哢声催客乐齐鸣，行摄半山亭。旭日升，烟霭绕，一揽群峰缥缈。且听天籁爽心神，无限风光好。

喜迁莺·赋闲 (张元干体)

心渐老，路难行，浊酒醉劳形。梦回属下竟蜗争，世态冷僚朋。饮花间，邀月对，今日一身轻。院中即便警车鸣，人也早无惊。

喜迁莺·霞浦行摄 (康与之体)

烟波云雾，看霞浦岛浮，洞天鱼捕。红树丛深，沙州鸥鹭，漂浪几行弛驭。阿妹屿礁频望，阿仔渔舟何顾。过尽矣，艇雁帆影里，萦怀鸳侣。扶瑶龙水路，星缀网排，出没风涛布。海带成林，千杆杆插，育紫菜东南部。惹众客频繁到，摄摄江山佳处。入镜也，绝妙流光远，景堪歌赋。

喜迁莺·湖山小憩 （蒋捷体）

天浮钟梵，翠影水渚中，斜阳摇滟。静柳孤舟，云晴风动，归雁一襟秋染。引乡梦归思浓，争耐苍涯重堑。客旅久，倚阑人独处，鱼书难览。难览，欣听取，鸥唤鹭洲，也似诚邀俺。约交何妨，迎波击桨，聊忘尘凡萦念。志高藻翰诗赋，还倚船桥河崭。竹林境，看渔樵隐现，飞泉瀑点。

喜迁莺·时雨中宵 （吴文英体）

沉沉安枕，忽惊梦、寂寂人生顾审。绿树飞凉，萤萦千点，谁共我相携饮。振玉匣抽长剑，化作龙吟澄窨。倦斜倚，想园中，多少逢源芳沁。　　如锦，还待品，肥叶红莲，一涨池丰浸。翠柳修枝，密围波艳，温夜绮罗归寝。待明日迁莺喜，浮动暗香殊甚。着风寄，入帘台，瑞气氤氲盈衽。

喜迁莺·夜话 (赵长卿体)

荷塘流水，捧珠月光盈，更添浮媚。落叶轻沾，香风游雾，同话别离云谊。清泉茗酒，天教占得，相思如魅。夙消夜，侧影斜，此夕镇长无寐。　　憨笑，多乖伪，争指那段，童言犹铭记。试望千山，飞熊通梦，鹤举宏图曾寄。多情怪我，空生华发，始知如戏。叹人世，转蓬留，笑赋迁莺常对。

喜迁莺·情人节 (史祖达体)

嫩催青柳，暖布条风近，小城时秀。屋角苍苔，花香十里，斯夜满街争茂。叹玫瑰束束，难应接，许多豪富。最无赖，是春衫冷雨，童子兜售。　　邀友，品茗处，老了至交，且问君安否。眷恋犹是，蕉心易卷，谁与细倾怀旧，谅情拘未定，新绪赋，声声聆受。但惦念，梦醒卿语之，相挚相守。

喜迁莺·踏雪寻梅 (姜夔体)

素枝风暖，又到了踏寻，遒劲香满。徐步高怀，溪流莺啭，呼友聚邀朋侃。孤山鹤鸣铁骨，林和靖、瘦梅妻赞。每掩卷，倚树观云影，缘谁舒展。　　心远，尘务晚，沾雪洁修，玉柄缤纷瓣。拭目临窗，一园馨逸，花信喜寒开绽。赏心更教君羡，慕世外、清幽淳善。驿桥馆，寂寥春光里，傲霜相伴。

喜迁莺·天斗山 (江汉体)

新蝉幽谷，噪响逸耳畔，莺欢千竹。碧翠枝鸣，扶杖斜阳，静听槛泉淋漉。会经古径，酣纵览眺云涛追逐。卧石处，合是落瑶台，猴头争蔟。花木，常入目，天斗牡丹，春暮将春续。廿亩香浓，铁杉千载，荣耀满山遐福。四方客游松屋，尽道赏心足。胜景美，晓梦愿一年年，流连高麓。

喜迁莺·踏春 (蔡伸体)

　　踏春相约，正曲涧绮红，莺歌鸣鹊。雾绕泉飞，照影撩花，卷展一溪桃萼。鹤径隐幽，云浮庾岭，修筠挥绰。归来燕，伴疏梅清啭，醉伊然诺。邀朋呼友际，遁踪向远，别有香流作。碎洒清晖，慵添暖暖，无负着番求索。更有采风人，一镜摄，烟峦蹊壑。追日月，骨韵丹霞美，怡情村落。

喜迁莺·秋雨乡思 (《梅苑》无名氏体1)

　　凉凉细雨，昨夜润透了，泥痕村巷。漠漠阴云，遥遥雁去，乡渚烟舟浮浪。几回驻足凝伫，野菊丛珠谁向。歌酒气，叠绕高楼上，官商独享。　　田头忙摘菜，赶早老农，地里躬身往。辙鲋尘多，炎凉世态，总是梦回惆怅。且来播耕挥汗，当使人生不枉。务求实，待禾丰瓜熟，闲听莺唱。

喜迁莺·荷塘月色 (《梅苑》无名氏体2)

叶筛清影，吐艳玉珠摇，云回露冷。薄雾良宵，灵蛙喧鼓，四合里银光映。一池暗香浮动，别有风流鲜盛。对明月，最相宜，泉盏真香烹茗。谁醉幽梦独醒，坦然率性添豪兴。感物知心，浮萍田田，出淤泥本犹净。乱蜂媚蝶无数，但遇凄寒难剩。实堪赞，傲霜莲，残耦伤枝仍檠。

喜迁莺·茶都行 (《梅苑》无名氏体3)

银毫春摘，嫩芽香染濡，芷兰花指。拂叶裁枝，承云天外，似展凤凰轻翅。紫岑逸品，岭南圆梦，山道葱翠。产佳茗，更宜焙宜泡，宜烹泉水。好是观音曲涧上，万株浮动馨风吹。陶煦安溪，金雀龙舌，占尽了一壶最。饮茶达智，禅悟益知，佳朋同醉。起吟兴，向东君，还赋乡邦甘美。

注：观音、金雀、龙舌，均为茶品种。

乌夜啼（或名：圣无忧）·思陆游 （李煜体）

落叶深衰暮，风愁雨泣双词。放翁一曲千年恨，彩凤绕空枝。世事漫随流远，沈园应悔书痴。惜春总是浮生梦，每赋鲍家诗。

乌夜啼（或名：锦堂春）·登普陀 （赵令畤体）

天籁清音佛寺，山崖别径龙冈。扁舟东渡慈航护，僧众拜迎祥。拂树扬风送爽，穿江越海澄沧。幽亭槛外飞鸣鸟，随意绕云翔。

乌夜啼·桃源 （程垓体）

花涧碧涯修竹，桃源险峭丹山。潺潺流水熏风径，云浮翠，拱桥悬。遏客松亭静憩，老僧楼阁参禅。鸿书百丈千金寿，赏心处，自悠闲。

相思儿令·荷塘夜 (晏殊体)

月冷一池红绿，舟上卧波平。还感触怀幽静，无奈鹭鸥惊。素梦欲托东君，惜春光、霖雨香莲，冰姿浮沐天然，尘嚣无染风清。

阮郎归·桃源行 (李煜体)

迷蒙仙雾黛螺青，云涯深处亭。洞天泉水沃桃坪，轻吟一路听。疏影里，鹭鸥鸣，流连竟忘形。优游兮竹筏撑行，嶙峋怪石迎。

阮郎归·惊梦 (黄庭坚体)

沉沉幽梦到天明，怪嗔枝鸟惊。可怜多少不了情，觉来时畏惊。风啸啸，雨漂漂，涌潮江客惊。一杯春露寄卿卿，勿教蜂蝶惊。

贺圣朝·秋夜 (冯延巳体)

疏桐坠露凝云月，瓜萤怜物。初寒微透，倚窗鸥梦，桂香飘忽。浮浮流水，纤纤瘦竹，郁芬梅雪。眷怀难写，彩笺谁寄，痴情红叶。

贺圣朝·九曲吟怀 (黄庭坚体)

乘排游品诸峰转，云容雾幻。封禅千古醉渔歌，大王天游伴。佳人何恋，婷婷玉女，倚霞凝盼。无双声誉武夷山，径流通幽远。

贺圣朝·秋风里 (叶清臣体)

眺峰独对流云意，水寒归鸥徙。邻村烟草漫荒畦，落叶无声矣。花开花谢，潇潇雨霁，薄林空幽翠。绕梁山鸟采秋时，更喧鸣轻翅。

贺圣朝·菊 (赵师侠体)

初呈嫩蕊星纷醒，意趣陶公径。羞颜三两为谁留，叩篱墙香冷。风流孤傲，岁寒旷野，醉金秋叠岭。岂随尘世拜春丛，吐绽群芳馨。

贺圣朝·北辰山忆闽王 (赵彦端体 1)

竹林兵变贤明举，拜剑挥戈旅。定边闽海，北辰峰下，义师威伍。轻徭薄赋人民聚，审知安闽府。扬旌拟檄，运筹中、结庐留幽处。

贺圣朝·游梅山寺 (赵彦端体 2)

曾经香火薰丹殿，洞衔幽宫见。径斜石窟耀光华，挹胜门庭显。登临更近参禅便，道常于一念。与君窥佛自从容，梦醒晨钟遍。

贺圣朝·登岳阳楼 (杜安世体1)

倚高阁尽沧桑事，千年名记。后天之乐悟先忧，国民心系。洞庭波涌，浮萍绮翠，满楼风光美。忆清廉一代人臣，唱誉神州地。

贺圣朝·雁门关怀古 (杜安世体2)

边关猛将威名在，孤标千载。雁门峰壑堵狼烟，汉家豪迈。蜿蜒云岭，旌旗树彩，火驰狼烟快。斗风金鼓，杰雄戍守，邦国疆界。

贺圣朝·农家乐 (《古今诗词》无名氏体)

燕子妙啭，莺儿妙啭，醉赏群芳。柳风薰、艳阳照彻，村舍沐春光。苔痕别径，满山苗绿，蜂簇花香。别尘嚣、煮茶独院，祈祝洪福绵长。

贺圣朝·奇和洞 (《鹤鸣余音》无名氏体1)

戴云幽谷，丹崖环翠，鹤影溪边。漫藤萝、泉洞彩陶留，远祖织耕田。鸣篁麂鹿，奇和安吉，藏宝千年。隐钟灵、梦里月明时，逸兴象湖天。

贺圣朝·水寮品茗 (《鹤鸣余音》无名氏体2)

耸崖悬竹，蛩吟溪畔，亭立多时。润喉芳芽秀，水仙佳茗，漱石泉厄。桃源隔世，氤氲香浸，翠碧含芝。北寮沙州隐，断云来去，看雀栖枝。

甘草子·莲花崖石刻 (寇准体)

崖畔，凤翔千仞，浮水红莲漫。暖日娇莺唤，芳草松篁涧。留迹壁题刻龙翰，望玉镜，轻烟缥幻。虬树垂云百灵啭，入目山花灿。

甘草子·古民居 （柳永体）

　　青瓦，画栋飞檐，构制明清风。照壁漆金丝，似雪门墙雅。高户凭栏通幽榭，刻幅幅祥云鸾驾。鹤翥长空凤翔下，侠义忠诚画。

珠帘卷·谒南溪书院 （欧阳修体）

　　珠帘卷，石泉清，晶珠溅玉湍鸣。烟雨南溪如画，渊源芳泽情。书院锦屏香案，方塘活水扬菁。朱子插秧诗在，知进退，道常恒。

画堂春·探花行 （秦观体）

　　梦中频问汉家英，天香欲会新莺。鹤峰兰友踏歌行，枝绽苞醒。杜宇一声别恨，清溪汩汩流馨。放花无语洛阳矜，四月春深。

画堂春·乙未感怀 （谢懋体）

怡然韶乐入清嘉，城村飞彩霞。五羊开泰福千家，风月无涯。
信是瑞祥春好，九州追梦年华。浩歌颐志众娇娃，诗锦添花。

画堂春 （赵长卿体 1）

乍来韶气味醇醇，燕莺啭柳飞巡。苑中桃李吐香芬，蜂蝶迷
人。宋雨唐风润泽，画堂春、小院金晨。番番花信每时新，追梦
诚真。

画堂春·梦醒 （赵长卿体 2）

炎凉冷暖几风波，赋词难诉蹉跎。酒杯流处意思多，空自消
磨。竹林深处忆阿哥，傻人儿、记得吾么？鹭飞鸥舞影如梭，贝
叶婆娑。

画堂春·乡风草野 (黄庭坚体)

邀邻把酒话桑麻，莺鸣烟雨笼纱。富春溪畔早梅家，物外独游遐。蜂蝶逐穿畦迳，草堂嬉戏娇娃。炷炉添火品泉茶，闲坐忆生涯。

喜长新·采草莓 (王胜之体)

朱红玛瑙缀田畦，簇绿幽奇。村前粉艳赛梅枝，清佳冷处甜滋。身伴顽童追蝶，牵手夫妻。偷闲采撷乐相随，享鸿爪戏春泥。

金盏子令·迎新 (《高丽史·乐志》无名氏体)

升腾紫气，蜡梅微发一枝香。欢飞瑞雪，风流千岭白，祈喜荣昌。山河大地，春涌潮动，顺接三阳。盛世年、清歌曲曲，颂鹿城乡。

献天寿·春归华夏 (《高丽史·乐志》无名氏体)

打虎拍蝇安太平，喜政廉清。护疆维稳有雄兵，齐逐梦真诚。敬心从业全民富，国运长兴。神州处处福相迎，奏新曲，乐康宁。

卷
七
◉

三字令·对菊 （欧阳炯体）

　　畦径露，暗香侵，数丛金。端坐久，酒茶斟。忆陶潜，君傲世，我倾心。人不在，燕空临，自沉吟。当逐梦，且操琴。入桃源，离俗鄙，展胸襟。

三字令·南京大屠杀祭 （向子諲体）

　　缠梦魇，鬼横行。涛涌动，恨几层。垂涕泪，悼屠城。人凄切，风雨血，砺金陵。牙关碎，痛心惊。刀霍霍，每狰狞。狼侧卧，警钟鸣。碑耸立，铭国耻，唤民醒。

山花子·龙腾梦圆 （李璟体）

　　跃马扬鞭逐梦忙，腾龙开泰沐春光。裁纸挥毫赋诗曰，喜洋洋。俭德集成鸿鹄志，智仁撑起福祥邦。驱敌护疆防腐败，国威扬。

忆余杭·雨后 (潘阆体1)

长忆西湖，隐隐禅房生锦绣。青峰佛阁暖阳春，夜雨洗凡尘。浪传引潮移海，梦鹤奋飞浮彩。芰荷香细碧连云，舫棹放歌巡。

忆余杭·秋瑾 (潘阆体2)

长忆西泠，名莩孤山香透彻，龙泉夜舞女儿骄，吟啸鉴湖潮。疾风秋雨人愁煞，铁骨柔肠三楚侠。算来些个吏时豪，当愧也封刀。

注："秋风秋雨愁煞人"，此句作为爱国巾帼秋瑾女士的遗言而广为传诵。

秋蕊香 (晏殊体)

常见蝶花丛舞，天海时闻鸥鹭。梁间小燕枯荣误，或去或回春顾。吟风惬意星星数，逍遥步。秋来醉月云间树，闲伴幽泉参悟。

秋蕊香·茗 (周邦彦体)

陆圣闻香止步，持罐孟臣泉注。静心一品沁心露，雅淡清纯泡煮。银台水满杯盘布，佳人顾。夜阑饮乐席间趣，帘影参差隐户。

秋蕊香·鹤岭春深 (赵以夫体)

绿柳晨霞，双双蝶舞，桃红影俏枝头。黄莺晓啭紧，半岭竹幽幽。燕儿远、飞剪入云浮，数声穿引明眸。登临处，路遥峰转，聊放歌喉。日照鹤山腾紫，千里缈烟纱，风透香收。有佳人、队队采茶丘。心怀畅、闻笛解春愁，牧童吹曲骑牛。醉悟久，诗情微弄，岁月悠悠。

胡捣练·维多利亚 (晏殊体)

鹊河星暗月幢幢，是夜华灯初放。片片琉璃银象，光影人人仰。湖光山色总相宜，一任荆花香荡。追梦更添希望，骋目云天上。

胡捣练·宁川新貌 (晏几道体)

鹤鸣峰岭秀钟灵，故里鸾翔天外。飞架虹桥轻驶，人展凌云翅。结交四海宾朋，卧虎藏龙宝地。百业创新雄起，追梦呈才智。

胡捣练·三都澳 (杜安世体)

碧波浩瀚美天湖，岛屿澳、岸渔家驻。螺壳石岩仙府，常惹游人妒。鱼虾贝蟹富饶乡，艇直驶、客来宾去。剪破烟波惊鹜，鸥鹭栖霞处。

桃源忆故人 (欧阳修体)

云窝九曲云溪渡，隐翠蛙喧蜓舞。一线丹霞环顾，悟道游山路。桂庭别径岩茶煮，故雨新朋饮处。归雁可知鸥侣，且寄相思与。

注：武夷山桃源洞有茶洞、云窝、一线天诸景观。

桃源忆故人·采茶季（王庭珪体）

鸣莺闹翠南屏路，幽谷飞泉古树。悟道悠游佳处，说与鸥盟慕。纤纤飞撷芽尖露，留巧笑心声微吐。只向对歌鸳侣，半敛娇羞顾。

撼庭秋（晏殊体）

炫枫霞色千里，念此春魂寄。草痕蝉迹，妍消陌上，惜赊峦翠。高楼目送，逍遥云雁，几回迁徙。念轩廊风露，黄肥绿瘦，夜寒无寐。

庆金枝·发小别（《高丽史·乐志》无名氏体）

一曲幽径斜，竹林霭、有娇娃。闲来拈草逐花蝶，戏入野人家。少年抱负天行健，盼携手、走天涯。誓言壮语自无邪，发奋振中华。

庆金枝·惬意农家 (张先体)

云闲蜂绕香，蝶儿舞、过篱笆。暖窗函日隐窗纱，坐酣畅、乐开花。扶犁野老童心在，歌一曲、太平娃。塘近流远映红霞，问何处、胜我家。

庆金枝·五缘湾海沧大桥 (《梅苑》无名氏体)

飞龙跨海沧，势雄阔、气轩昂。剪波犁浪笛音扬，系两地、五缘乡。货流人客运输忙，驾云雾、过兰洋。连通血脉自辉煌，博蛟浪、任腾翔。

烛影摇红·忆梅 (毛滂体)

一树银葩，雪中摇曳风中绽。素星珠缀倚寒窗，绮梦东君唤。门掩绿苔痕显，老虬枝、新开玉瓣。抱云堪惜，刻意高怀，孤山鹤唳。

烛影摇红（王诜体）

烛影摇红，邀众亲，茗玉液、深秋里。吟香歌凤记从头，长忆当年祀。思恋村花故履，小轩窗、町畦绽蕊。载云流絮，鹿梦兰溪，天涯人醉。

烛影摇红·九鲤湖（周邦彦体）

堆髻环峰，白云自在凭来去。春深花卉竟芳菲，骑鲤飞升侣。问道方迷险阻，逸兴浓、寻幽远旅。有情抱蔓，蔓引株求，苔痕影鸳。烛影摇红，置身莫谓千山苦。仙家丹灶不知年，珠瀑潺潺布。谁得金鳞顿悟，甚宜人、倚栏微雨。岫烟流翠，好梦时迟，朝天归处。

朝中措·玉屏诗会 （欧阳修体）

亭台楼阁翠松屏，春柳拂云青。日耀三江舟涌，扊楼鹭鸟和鸣。诗心曲韵，延平秀美，一揽风轻。邀客九峰双塔，诚交四海豪情。

朝中措·霍童洞天 （辛弃疾体）

谁将诗笔绘云烟，霞绮霍山边。垂柳风梳层绿，童姑洗涤溪前。渔夫链网渡头船，笑语客新鲜。院外线狮飞舞，迷人第一洞天天。

朝中措·红豆曲 （赵长卿体）

春来红豆秀枝头，轻撷记离愁。任是伊心如铁，难捱对别卿舟。鹊桥昔渡凌云汉，鲲岛雾迷眸。寒翠滴添红泪，相思一叶空浮。

朝中措·独悟 （蔡伸体）

银髯霜鬓暗中生，何况露峥嵘。不觉苑庭花谢，凭栏独立寒亭。行歌吟囊满，孤怀独悟，梦里心灯。惟道个清秋静，园林雀闹莺鸣。

注：峥嵘，高爽空旷的意思。出自唐朝诗人李白《金陵与诸贤送权十一序》中的"举目四顾，霜天峥嵘"。

洞天春·溪源拾梦 （欧阳修体）

幽寒翠掩春谷，卧逸青龙柏竹。一抹烟岚透芳馥，剑虹三津麓。溪源拾梦幸福，羽室琼庐览读。曲径流淙，壁云崖泻，霞融飞瀑。

庆春时·洒脱 （晏几道体）

暮云晨露，春时鸥鹭，戏水娇娃。弯弯曲径，纤纤凤竹，蜓舞蕾枝斜。馨熏红映，蜂拥轻翠人家。溪桥野渡，和衣独坐，闲伴一天霞。

眼儿媚 (左誉体)

丝雾浓情唤莺天，芳树柳堤边。一双细手，掬嬉溪水，泼洒卿前。傻人儿怎干愣着，快替俺梳焉。也应似旧，轻轻呵护，款款绵绵。

眼儿媚·神怡 (贺铸体)

微风薰暖令神倾，水碧柳岩青。百花怒放，蝶蜂蜓舞，雨后新晴。绿罗裙染春山醉，瘦影入山亭。凭高放眼，层峦无际，漫展龙形。

眼儿媚·南山松鹤图 (赵长卿体)

南山孤鹤老根边，耸翠起岚烟。隐居水阁，乔柯百尺，丘壑新鲜。疏林秋后倚阑闲，袅袅晚来翩。四围薄霭，依稀风月，松竹丝弦。

人月圆 （王诜体）

　　白云梅影迷离径，风柳入帘青。寒眠对月，身微帐冷。残烛香屏。可怜春水，花莺逐夜，惊梦嘤鸣。巷深人静，谁弹古调，如睡还醒。

人月圆·残夜 （杨无咎体 1）

　　横塘月映浮萍绿，薄雾锁山庄。窗中远岫，凝霜白露，晚笛悠扬。梦回子夜，茫茫秋水，百结愁肠。薛涛笺吟满泪点，别来懒梳妆。

人月圆 （杨无咎体 2）

　　一江渔火清风夜，灯影元宵也。月华如镜，烟波浩渺，神爽天野。鹭州闻笛，高楼浅酌，吟客风雅。倚楼人望鹊桥渡，每谈仙凡话。

喜团圆 （晏几道体）

裁红剪翠，蜂媒蝶恋，时隐莺鸣。游人盛处花迷眼，柳风燕双迎。还寒乍暖，绿波随浪，淡写烟亭。苑林畅意，新朋故雨，顾盼含情。

喜团圆·相思扣 （《梅苑》无名氏体）

清尘薄雨，春窗寂寂，敛袖深宵。耽梦东君，问谁点破，隐隐鸣箫。素手凝香，眉峰一笔，深浅天天。愁痕瘦影，玲珑无语，百媚千娇。

海棠春·中国水仙茶第一村 （秦观体）

林幽花抱轻弦伴，九曲入、北寮溪转。翠径叠千层，一盏茶香满。粉墙错落明昭馆，雅座里、南音夜演。茗宴水仙花，赛海棠春展。

海棠春·读黄公望《富春山居图》（吴潜体）

渔舟田舍丹青手，还又望、轻烟疏柳。霞霓截江风，惊白云苍狗。山川合璧，迷人宇宙，尽是天涯胜友。把盏醑滔滔，醉梦流泉久。

海棠春·状元谷（马庄父体）

锦花茂草萦天际，篁竹峰坡叠翠。泉涧出云滋，溪曲山风异。状元坞里葱茏美，尽日芝兰绽蕊。护取谷中春，莫弹林边翅。

武陵春·谒天子山（毛滂体）

排闼奇峰呈异彩，雾海竞峥嵘。路入云霄客步惊，龙府谒威灵。伟绩长存天一脉，雄杰武陵英。树簇随烟起伏经，隐隐马嘶鸣。

武陵春·画意 （李清照体）

松茂林深晴蔽日，涧水弄丝弦。望远云霞接地天，入枕石流边。江渚归舟旁草屋，放鹤竹床前。把酒追渔世味鲜，品物是、守清寒。

武陵春·秋夜读 （万俟咏体）

已噪蛩声喧户外，柳月影、映窗前。正读罢修身励志篇，独逸兴、伴书眠。真能醉也学前贤，无须酒、品甘泉。漫觑着红楼通鉴研，苦与乐、自由天。

东坡引·金饶山 （曹冠体）

天池涵圣水，葱茏绝尘矣。腾云驾雾千峰起，登高人已醉。逍遥放眼，鸿雁展翅。心旷处、金饶美。山奇石秀丛林翠，群芳争吐蕊。

东坡引·采春茶 (袁去华体)

暖烟迎曙色，春浓竹风袭。凝眸远望千丘桔，飞花蜂采蜜。茶园去也，山哈雾集。对歌起、情妙声逸。芽尖采撷看谁疾，纤纤争第一。

东坡引·归来燕 (赵师侠体)

粼粼波映柳，裁烟剪飞后。衔泥竞逐营新构，呢喃怀故旧，呢喃怀故旧。翩翩绕屋，雏哺雏候。寸羽速、雌雄守。同巢并翅归来逗，金庭春溢牖，金庭春溢牖。

东坡引·春到山村 (辛弃疾体1)

谷莺鸣翠柳，留香野风透。飞花弄影群蜂秀，诗随春燕有，诗随春燕有。静心品别趣，雁行时候，且骋目、人离后。爱愁俚曲沿山走，青丛湘竹瘦，青丛湘竹瘦。

东坡引·梅 (辛弃疾体 2)

　　盈盈歌半阕，流艳千家悦。芳波照影齐争发，迎霜舒傲骨，迎霜舒傲骨。梅妻鹤梦，悠悠岁月。一回回和靖贤达。攀条爱与清香洁，真高风亮节，真高风亮节。

双鸂鶒·画梅 (朱敦儒体)

　　影卧帘栊纤月，每向罗浮香雪。妆就美人风骨，冰肌红淡高洁。只为孤芳时节，姑射梦中枝发。鹤子梅妻双绝，仙山相偎洽悦。

鬲溪梅令 (姜夔体)

　　暗香弄月醉春醪，意飘飘，漫向疏星云梦、韵潇潇，绮霞何处娇。斗奇争妍日逍遥，水滔滔，闪靓青春风发、胜花朝，鬲溪梅窈娆。

伊州三台令·惬意重阳 (赵师侠体)

绮云谁醉霜林，一抹飞霞鹤岑。清露菊风侵，野萸香、笑迎酒斟。弟兄形迹情深，岁岁年年挂心。把盏且歌吟，更怡怀、抚陶令琴。

双头莲令 (赵师侠体)

翠微晨露碧笼纱，秀洁玉容花。红苞一任点天涯，并蒂两无邪。锦鳞戏水逐云霞，波映野人家。连枝拥叶隐龙虾，荷盖引鸣蛙。

梅弄影 (岳窀体)

暗香生就，破雪三分瘦。探定春枝独秀，一点飞红，映涯边玉岫。曲栏依旧，伴竹松清茂。旭月晴风通透，弄影寻幽，如伊人邂逅。

茅山逢故人 (张雨体)

河水清幽垂柳，桥上娇羞挥手。偶得相逢，斯人呼唤，记怀吾否。十年不见如何，残月银钩周复。独对牵牛，茅山斜倚，醉贪更漏。

阳台梦·天池 (李存勖体)

白云低树参差瀑，倚山公路天池宿。梦迎王母宴高台，素霓鸾凤伏。瑶琼飞幻也，情怯仙妆艳服。笑移双玉鉴东西，舞入阳灵族。

阳台梦·明溪玉墟洞 (解昉体)

千岩万壑，看霭烟秋岳，云洞高盘交错。崛奇逼视更峥嵘，望海涯、玉墟清。诗思老向霜毫落，明镜书怀作。倦飞林鸟客阳台，偶有知心，邂逅里、梦溪来。

月宫春·西湖美 （毛文锡体）

荡舟幽客送秋波，优游逐浪多。翔鸥飞鹭戏娑娑，三潭月照荷。一带随风香蕊绽，斯情画境醉颜酡。遥听箫鸣笛奏，倚亭人放歌。

月宫春·池边 （周邦彦体）

影摇柳岸韵流香，迷蝶梦高阳。倦鱼浅底懒徉徉，夜半月临塘。蛙声阵阵喧还静，晨露去、逐日华光。红芳绣蕊引思长，翠盖隐鸳鸯。

河渎神·钱塘潮 （温庭筠体）

涛怒似雷鸣，数千强弩难争。弄潮儿健踏波平，轻驾飞艭不惊。江海任翻秋水怒，动人心魄倾注。寻汐乐钱塘顾，鼓风掀浪如虎。

河渎神·十里画廊 (张必体)

薄雾伴清风，画廊神斧天工。满山枫叶缀奇峰，石笋峥嵘隐松。香泛淡淡坡叠翠，青虬峦雾朦胧。游客往来如意，久居佳处仙宫。

归去来·桃花源 (柳永体1)

春峭轻寒生媚，除却梅花贵。柔绰丰姿情天卉，来君处、独欢醉。香艳天天蕊，风中舞、蝶蜓蜂美。韶华莫叹容颜累，空归去、逐流水。

归去来·武汉东湖 (柳永体2)

浩渺东湖媚，青荷玉、举擎香蕊。莺歌柳岸凝螺紫，荡轻舟、人尽醉。竹园琴苑瑶台地，好归去、访钟期艺。诗情画境神州美，吟春曲、品滋味。

惜春郎 （柳永体）

拂风催绿熏熏意，竹管弦歌起。林间翠鸟，暖阳湖岸，嬉戏娇妹。荡漾秋波游客醉，顾盼灞亭美。恨那时、折柳疏狂，共一片云心寄。

极相思 （《黑客挥犀》无名氏体）

旧闻度曲巴山，今夜雨丝寒。秋波涨处，峡深浪阻，舟艇何还。宿酒渐老杨朱泪，猜对岸、鬓也花斑。挑灯院落，相思梦托，惊颤躯颜。

双韵子·春 （张先体）

槐烟吐翠，半溪苇影，凭栏遥望。竹桃院处山幽，风袅袅、花香漾。黄莺唱，蜓蜂浪，蝴蝶舞、尘嚣暂忘。更闻俚曲畲歌，三月里、心欢畅。

凤孤飞 （晏几道体）

昨日倚楼人倦，细雨轻寒透。绮席回眸怨偶，酒醒处、伊空瘦。别馆歌声今夜久，流光里、忘归唱吼。端的痴心余恨友，曲衷君知否？

柳梢青·采茶晨曲 （秦观体）

曲径寻幽，芳菲入望，悦畅啁啾。雨后明前，风吹丝雾，芽细茶丘。村姑采撷山头，吭吭起、甜歌润喉。天外云蒸，霞辉斜日，惊美神州。

柳梢青·农家乐 （刘镇体）

云雀农庄，落枝小径，馆客新茶。信步闲庭，观花约翠，田园山家。尘嚣散去繁华，镇日里、餐风沐霞。淡泊怡心，愉神谨静，陶醉无邪。

柳梢青·南山 （张雨体）

潆水飞淙，层岚叠嶂，石窟浮钟。水态幽姿，黛云屏泼，梅影仙宫。踏青且醉吟翁，更听雨声声、泉阁中。乐得逍遥，梦驰今古，跃虎腾龙。

柳梢青·春闲 （贺铸体）

依依杨柳，拂风皱水，春归时候。去去烟波，小楼新绿，吟诗听漏。迷迷梦笔传神，倚醉处、歌童智叟。恋恋多情，迎霞追月，忘年相守。

柳梢青·南山春雨 （蔡伸体）

丝雨清明，踏青众客，添痕新绿。潆水飞淙，濯尘依旧，放翁曾宿。南峰梦觉依稀，诗赋处、梅园春筑。尚忆年年，风檐刻烛，题襟耕读。

柳梢青·走进平潭 （周彦瑞体）

风高浪急，桥岸潮远，长龙飞碧。绰约浮舟，泽岩聚虎，石帆神迹。平潭胜地迷客，念骨肉、亲缘记得。两岸连根，海丝拼搏，春朝秋夕。

柳梢青·吟秋 （吴瓘体）

薄柳疏杨，云翻霞灿，苍榕披彩。气爽天清，桂馨菊艳，客家山寨。喜金秋、斗艳芳姿。结硕果、人忙谷晒。但愿长年，丰收库满，运亨时泰。

柳梢青·谒朱公祠 （《古今诗话》无名氏体）

开弘立言天理，阐教化、知漳义礼。数载诗声，人文涵育，鹤鸣桑梓。南州处处思翁，依旧是重经朱子。卓著薪功，高标名达，叹为观止。

醉乡春·三溪夜龙舟 (秦观体)

奋臂健儿争勇，灯影桨声流动。竞渡夜，水中欢，金革鼓喧情纵。激浪醉乡龙种，荡起升平美梦。正端午，数三溪，笑将一棹赢嘉颂。

太常引·卢沟狮吼 (辛弃疾体)

千秋梦里雨烟绵，百载怨仇牵。无奈弹痕残，怒狮吼、卷卷爪坚。圆睁二目，卢沟石畔，国有壮军还。倚仗定昆仑，剑出鞘、倭奴灭焉。

太常引·吴门怀古 (高观国体)

昔时曾见吴王舞，戏飞燕、醉花乡。春苑柳枝长，且痛饮、东风一场。馆娃宫外，废台遗院，范蠡苦仓皇。青冢世间荒，世路苦、要离国殇。

渔家傲·奔马 （晏殊体）

半挂风披秦汉雨，长嘶一骑平川路。山映野花春色布，蹄未驻，声中画鼓扬尘步。　　绿水悠悠朝与暮，征程万里光和雾。老骥识途人自悟，怜惜护，浮生世俗空猜妒。

寿阳曲·清江客 （张可久体）

清江客，豪放歌，吊楼边、品茶邀和。　　风光醉人人庆贺，月明中、忘怀了我。

卷八
◉

应天长 (韦庄体)

绽金秋院三竿日，沙嘴潮回平雁迹。望无边，天水碧，鼓浪海风拍岸激。带龙腥，游梦泽，遥送过江帆急。鹭舞绿岩芦荻，倚栏闻柳笛。

应天长·村头 (顾夐体)

竹影炊烟缭绕处，十里莺啼桃一路。花枝绽，蜂蜓舞，院外矮墙娃上树。学伊当年父，放哨娇儿持弩。自小家山守护，将门无弱孺。

应天长·孤老 (冯延巳体)

小庭深院修枝舞，秋日碧纱鹦鹉树。飞花絮，鸳鸯浦，惆怅落英孤老苦。绿烟低柳处，空对子孙归路。昨夜更阑酒误，慵慵梦里诉。

应天长·蓑笠翁 (毛文锡体)

行年天命匆匆梦，细雨敲窗灯映瓮。江南一夜听潮涌，残叶乱花飞满弄。门前秋雁纵，归钓渔舟轻动。墙柳微扬风送，蓑笠老孤栋。

应天长·兰 (柳永体)

扬轻枝素萼，正玉砌银盘，滴翠凝璞。风露凄清，舞逸丝寒鸣掠，东篱霜落落。一方绽、嫩香堪绰。倚聚处，弄影扶摇，映云池阁。　　把盏与君酌，恁好景良辰，怎忍违约。遥记当年，曾对山间丫雀，殷殷妍化作。会熙日、梦回新觉。遗旧圃，寻觅东坡，醉趣如昨。

应天长·润之赞 (叶梦得体)

宏图挥笔翰，挂帅出奇兵，气吞山海。身后身前，问伟绩谁能盖。光阴流水逝，毁誉里、更添风采。毛舵手，扬浪犁波，笑容尤在。　　谋福泽仁爱，铁面又无私，为民除害。星月悠悠，朝夕只争豪迈。雄文千古异，显气概、播留中外。最傲世，殊绝功勋，创新时代。

应天长·梅岭怀古 (《古今诗话》无名氏体)

秦关诗岭界，古道驿坡藏，楚烟云外。雾峡露满，凹石陈痕军械。卒兵何处在，倚险岭、岑梅山寨。征旆举，护汉家郎，一仗豪迈。　　征夫凭要隘，拒敌轮台旁，俊雄不败。松柏青青，岁月悠悠千载。人生无限爱，洒热血、国安民泰。逢盛世，圆梦中华，多少高概。

应天长·石钟山 （周邦彦体）

鄱阳绝壁，湖上赫然，烟云布暖春色。有鼓磬钟声石，东坡夜曾觅。泛舟过，水相搏，笑墨客、闭门空臆。是非路，隔物迷离，细述前迹。　　长忆雾云飞，邂逅书生，郊外猎渔客。正是见微寻月，深深洞中隙。分流引，湍瀑急，穴镵里、响硁硁及。古今事，试问谁能，全数通识。

应天长·冬闲 （吴文英体）

棹舟野渡，鸥鹭荻花，年年湖海霜月。梦梦竹溪云幕，冰壶杖吟雪。鹤鸣境，辞赋达，竞秀笔、醉迷高洁。野梅傲，沐雨随晴，斗艳时节。　　江韵逐波叶，一曲钟俞，浑雅俗尘别。碧水角涯渔猎，逍遥也生活。风餐露，神惬惬，独钓客、麓台清悦。偶乐乐，邂逅新朋，行摄穿越。

应天长·乐渔 (康与之体)

柳青隔岸，垂钓水边，时光错盘云暮。花谢留香，弄影浮萍映鸥鹭。临江鸯，沙渚树，翠幕冷、日寒朝露。挂鱼篓，缓缓抛杆，凭栏谁顾。　　牧笛忘归路，酣酒风流，蛙鲤跃波数。莺舞苇芦，摇动轻舟入深处。网罗布，虾蟹捕，寂静里、让心儿驻。脱尘世，别有新天，顿成灵悟。

应天长·品幽 (王沂孙体)

经风沐雨，云海雾凇，飞流碧涧尤绿。惬意地风光独，沿山栈桥曲。时摇曳，青凤竹，荡漾里、爽心如浴。悠游客，细把年轮，依序来读。　　思万事纷呈，听取潺声，知岁月惊倏。念逝者如斯速，红尘苦追逐。兴衰度，荣与辱，暂忘却、置身幽谷。倚亭榭，清茗随常，静雅承福。

应天长·秋悟 （陈允平体）

长堤小雨，飞鹭雁归，林间雅座茶茗。偶见豆浆汤粥，双鹇鸟鸣竞。江湖几年梦醒，知忘却、浮名孤影。且吟乐，豪放诗肠，安福天命。　　秋意落花轻，暮钓江边，深映柳条境。更谢迷情鱼蝶，轻轻掠闲艇。柔柔水波滢滢，享如意、桂飘荷檠。脱尘迹，野渡芦丛，风涤心净。

满宫花·2015 年 11 月 6 日人民银行作家会议北京召开，时逢京城第一场瑞雪
（尹鹗体）

雪飞飞，城湿湿，一夜逸怀清爽。粉墙白树暗香来，紫禁瑞临天象。　　文友欢，言路畅，吟唱自由分享。作家今日展宏图，追梦献言声朗。

满宫花·逸兴 （张沁体）

花满池，云水碧，绿衣斗篷蜂蜇。一波风起舞双蝶，蛙鼓鲤惊香逸。　　晨露轻盈莲叶滴，睡锁鸳鸯游迹。东君吹爽享清明，西子湖边琴弈。

少年游·江边思 （晏殊体）

长堤斜柳落花轻，鸥鹭绕舟鸣。江边垂钓，尘嚣诚忘，谁老记浮名。　　如斯逝者滔滔水，淘殆尽雄英。浪迹天涯，老夫聊学，年少逐流行。

少年游·秋雨 （李甲体）

红叶洗尘知变化，望似火如云。漫天露雨，菊黄时带，珠泪缀繁芬。　　离群未必伤心日，一任野风巡。倚窗读罢，感时万种，千里忆贤君。

少年游 （柳永体 1）

古藤斜蔓带飞泉，闲坐浣花天 。峰头万仞，倚山横翠，溪涧绕春烟。　　壶殇共对云涯处，风流里、舞翩翩。寄傲疏狂，竞书行草，题壁少年欢。

少年游·三清山 （柳永体 2）

出山仙蟒立雄姿，生气象、少年奇。海狮吞月，烟波浮日，莺语客心痴。　　猴王献宝乡林醉，清风里、诵经时。老子情专，万千丹种，倾倒染霞辉。

少年游·独悟 （周密体）

青岚岫黛大千殊，忧乐在江湖。气象通幽，雁鸿云外，梦我蓬壶。避尘栗里身心倦，谁与解迷途？潺潺流处，雾壑深处，石磴崎岖。

少年游·悠然时光 （杜安世体）

小桥流水踏歌行，鹧鸟一声声。疏林静远，挹风纷蝶，醉是绮霞轻。　　江南春月题新句，燕舞戏花坪。芝兰争秀绿初萌，悟三昧、寄衷情。

少年游·"思云书法作品展"志贺 （向子諲体）

智融新魏思云路，妙笔赋君书。宁川师院，名家个展，文友醉真儒。　　念墨耕从戎报国，同学少年殊。天道酬勤终不负，陈满壁，尽珍珠。

注：2015年12月14日至19日，新魏体书法研究会理事暨上海分会主席陈智云"思云书法作品展"在宁德师范学院开展。

少年游·品海鲜 （姜夔体）

轻车载客，鱼虾温酒，寻味近江边。故里城东，梨花墙内，蒸蟹烫杯鲜。　　倚窗望海风光好，陶醉羡神仙。乡土人情，超然物外，归去月刚圆。

少年游·醉扶桑 (韩淲体)

桃花岩下，琼楼玉栋，鸣凤德安乡。遥想江湾，晒书台上，风韵独悠扬。　诗仙劲舞星洲墨，乡愁里、醉扶桑。洗笔池前，少年同伴，嬉戏扮鸳鸯。

少年游·春梦 (晏几道体 1)

绿都郊外，衔泥燕子，飞绕柳鹅黄。青梅竹马，桃花畦上，嬉戏闹农庄。　纱窗影里，朦胧发小，春睡醉花香。戏犬家猫，一声喵纵，惊梦意犹长。

少年游·诗意梅江 (晏几道体 2)

花红柳绿，风高四野，双燕舞莲塘。家园半岛，绘围龙景，总见绿波漾。文心慧眼，莺啼凤彩，欣舜里尧乡。千年追梦福绵长，诗意好梅江。

少年游·火箭战略军赞 （杜安世体）

　　阵行龙脉历沧桑，万里纵横忙。宏图伟略，倚关居险，民族脊梁彰。饱经风雨，修真几代，千载射天狼。雄师百战好儿郎，任斗骋、护家邦！

　　注：2015年12月31日，中央军委主席习近平授旗陆军、火箭军、战略支援部队。

少年游·月季 （苏轼体）

　　满枝浓艳，芳华风透，帘里且安闲。盈盈香敛，悠悠四季，柔美在堂前。恋恋恁淹留君驻，花动蝶飞间。欲喜还忧还怜眷，分明是、梦中仙。

少年游·春日南山 （杨亿体）

　　熏风阆苑，白云缭绕，禽鸟噪花畦。门前秀色，水声回壑，春日岭村栖。两三文友，寻泉觅句，雅致饮山溪。唱桃源坞里歌题，学陆羽、煮茶兮。

少年游·梦李 (晁补之体)

云衔峰岭，独径斜阳，溪流急缓。入梦李仙笑，一醉里、花开凤啭。雅才名士，饮流觞也，题诗裁扇。乐赏处、起来寻觅，叹眼前不见。

偷声木兰花·乙未年冬喜雪 (冯延巳体)

北风六出晶莹送，追摄琼枝时放纵。梅放幽香，雪里娇姿梦里妆。云笼兰苑寒山乐，飞絮入帘童雀跃。吉兆丰年，短信频频闹竟天。

滴滴金·悼诗友黄拔荆教授 （晏殊体）

研诗共聚湄洲岛，忘年交、艺坛老。不意贤谊鹤归了，恨时光真少。填词讲学君留笑，鹭江边、九州教。天妒英才隔师早，一键哀思敲。

注：诗词名贤、厦门大学教授黄拔荆，余曾与之一同参加湄洲岛诗词研讨会，会上黄教授演讲生动，回程中他还争付的士费等，一幕幕犹在眼前，如今他却已鹤归仙界了，一叹也。谨记。

滴滴金·偷闲片刻且刻章 （杨无咎体）

偷闲片刻攻金石，缓磨面、细描笔。篆字精神崇汉迹，寿山青田碧。时光冲切存心画，写春秋、送祥吉。方寸之间有奇观，艺苑新天辟。

滴滴金·湖畔 (孙道绚体)

敛波湖静桃花艳，莲碧碧、锦云掩。燕绕春堤寂径前，玉人扶栏槛。等闲寂别多年念，只把珠盘数珠点。昨梦怜家入归舟，恨莺儿声厌。

忆汉月·鸿雁 (欧阳修体)

鸿雁北归千里，恋向多情山水。倚云啼露为谁忙，奈血里基因系。多情寻觅处，留爪迹、绿丛栖戏，待来年雨顺风轻，还把乡音寄。

忆汉月·丁酉腊八 (柳永体)

星月星月星月，如箭似梭飘忽。倚烟啼露又鸡年，腊八粥儿蒸沸。品茶还泼墨，竹翠柏青兰洁。一枝梅梢雪依旧，拂两袖、清风和悦。

忆汉月·七七届二小同学聚会启动 （柳永体）

同学同学同学，还忆石牛驱雀。旧时人在鬓毛衰，邀会今年相约。打开微信处，正四十黉门度。群里深情喜依旧，正夜永、屏聊欢跃。

注：二小，指福建省宁德市蕉城区第二小学，该校操场原是石牛石马墓。

忆汉月·石竹山纪游 （杜安世体）

奇石拂云遥见，清影竹摇龙涧。闽山秋尽驭长风，蕊飘香、羡禽鸣瓣。海光涵碧汉，一梦里、许多牵眷。故雨新朋出深院，汲名泉、望回归雁。

忆汉月·林獬赞 （杜安世体）

文弱一书生也，英烈八闽同话。雄奇风骨傲神州，拯民生、创刊开社。铁肩担道义，白水报、把皇权惹。业界争先斥权霸，见忠诚、献身华夏。

忆汉月·秋日采风 (李遵勗体)

黄菊一丛丛见，影动露珠时溅。慕名众客竞游园，喜眉梢、更添人羡。凭栏香蕾绽，翠竹上、莺鸣其间。晓来浮瑞绕身遍，且流连、摄风光片。

西江月·休闲有感 (柳永体)

绿水郁清妍树，海滨轻步观潮。约朋呼伴更逍遥，真是韶光明耀。醉笑个中诸友，桃园连日香醪。寸功未建自空嘲，一梦随风去了。

西江月·流连忘返 (苏轼体)

点点排空候雁，清清高爽秋天。听潮漫步故林间，观菊花层层绽。俯仰多年利患，且偷今日安闲。笛声起处解愁烦，快乐人儿归晚。

西江月·贺十九大胜利召开 (吴文英体)

秋获万千硕果，喜添处处高歌。国民获得感增多，今日中华真火。追梦初心铭记，一生廉洁维和。启航追月伏清波，人类文明司舵。

注：2017年10月18日，中共十九大在北京成功召开。

西江月·乡恋 (欧阳炯体)

莫负田园情愫，哼歌陌上渔家。蝶蜂花吻映朝霞，更有几禽鸣树。风扬竹语寒潭雾，烟光远罩山崖。吠声何处里轩阶，瓦屋泥墙乐顾。

西江月·参悟 (赵以仁体)

树盖亭亭烟绕，十人环抱尤闲。翠岚风月许多年，莫问原初、千寿本由天。一树斜霞醉色，慧根锁定龙泉。老樟无语寓修禅，辟俗静心、尘念勿缠绵。

惜春令·秋悟 (杜安世体 1)

　　无意江岚枫叶丹，深秋里、嫩菊催寒。默对青山归化境，腮白映清澜。一盏茶飘香，笛声起、心渐纾宽。且悟天机参世道，闲笔写松峦。

惜春令·游乌石山 (杜安世体 2)

　　花草繁滋苔藓弄，榕树绿、木棉儿红。遍搜崖刻惊高古，乌石一诗翁。山雨初收送。乐游客、醉迷晴空。纷纷飘絮亭聊处，神爽沐春风。

留春令·慢门 (晏几道体)

　　画屏峰下，月昭之夜，角楼灯炫。定意澄心自逍遥，碧池畔、惊莺燕。　　架摄星光曾漫倚，步江南闲院。红鲤浮萍水流中，弱光里、神奇见。

留春令·庚子孟秋中国金融作家协会福建联络组雪峰寺会议有感 (李之仪体)

借道南安，雪峰禅寺，雾岚秋季。游客新朋，同参舍得，更羡梅山翠。　　素食清心余福瑞，引得诗情醉。曳曳荷花，嘒嘒鸣蝉，总把文心寄。

留春令·昆山诗丈三度出书赞 (沈端节体)

八旬词瘦，昆山文老，耕耘诗海。六十年、日日伴灯下，恰是青春代。　　人生百事留关爱，崎岖踏平归泰。羡此生、能秉凭春秋笔，守护初心在。

留春令·贺蕉城政协携诗协联合举办 阮大维先生《系舟诗草》和吴培昆先生《昆山词选》出版发行座谈会成功举办 (黄庭坚体)

蕉城自古多雄杰，赞二老暮年时节。春秋之笔尚纵横，诵百事、真情切。石桌宁川诗楼列，初心在、系舟游侠。唱昆山大曲新词，寄妙笔清香贴。

梁州令·中共百年华诞志庆 (晏几道体)

欣唱红歌曲，更忆先驱高族。中华自古出英豪，于今更与全球逐。　　南湖船引谋民福，寄梦同心笃。宏图一路描绘，九州一带春风沐。

梁州令·耳顺出书有感 (晁补之体)

百味浮生系，历年填词拈字。红尘开悟憾迟迟，匆匆耳顺，立业难酬志。　　相期且把诗文置，养性修身寄。痴心何惧无计，书香缕缕千秋事。

梁州令·青衣 (柳永体)

锦袖罗裳舞，宫商远心声吐。金钗儿女怨闺深，离愁别恨，摇扇强移步。 星稀月籁难眠苦，独倚听箫处。世间时许浮华宴，梦觉幽窗，常把此身误。

梁州令·昆仑英雄赞 (欧阳修体)

莽莽昆仑耸，冽冽茫茫寒冻。青春热血勒燕然，曳扬旗帜，铁骨铮铮种。心忠祖国清纯爱，捍卫金瓯统。铜墙铁壁牢筑，凌冰赴雪豪情纵。 只为心中梦，不辞异乡埋冢。边关风雨总无情，阿三犯境，骤起狼烟涌。横空铁臂成梁栋，谁谱英雄颂。捐躯只愿安国，红军赤胆祥榕共。

盐角儿·乐渔 (晁补之体)

开时剪浪，返时剪浪，渔歌高唱。鱼儿在海，鱼儿在网，捕捞欢畅。 沐春风，留春月，三都澳中舟船荡，好时节，行行业业，追梦复兴真爽。

归田乐·把心儿放逐 （晁补之体）

鸥鹭数，似火朝霞游客族。回廊外，草坪地、花伴竹。健身心最好，过三伏。　　众钓汉、沿湖坐，垂杆时忙碌。却尘事、无居无束，把心儿放逐。

归田乐·九峰月夜 （蔡伸体）

中秋凉夜盈盈月，情涌酒酣香郁。入梦恋蟾宫，新浴嫦娥舞虹霓。　　醒来旷野甘泉洁，知会九峰时节。芬馥透城中，山色百重千秋绝。

归田乐·乌君山 （晏几道体）

拔地箕山碧，逞逦迤、拄羁驱策，天马飞龙迹。瀑泉化雪处，岩壑悬挂，且问徐仙哪时觅。　　机闲心与魄，得悟定、年年流水涤，玉清行府，一路幽香积。愿来谒佛面，倚窗修德，云洞唐虞晋安客。

归田乐·无惊 （《乐府雅词》无名氏）

细雨轻烟岸，水潺潺、路迷花乱，亭桥起飞雁。一啭又一啭，二啭三啭，直上云霄聚还散。　　光阴真似箭，便早有退休归隐念，世间种种，只是空羁绊。梦幻也更幻，意幻心幻，荣辱无惊此生惯。

归田乐·乐摄 （黄庭坚体）

画里寻幽径，翠竹行、草轩九曲，点点花儿映。野境蕴妙境，入境出境，一路流连摄留影。　　佳人意态定，摆姿娇红倾心景。绛唇青鬓，模特欢歌竞。喜庆又乐庆，贺庆齐庆，语出天然更高兴。

惜分飞·悼阮府大维先生 （毛滂体）

噩耗骑鲸惊艺苑，齐把先生敬挽。雅聚流云伴，友师情义人人赞。　　围象双棋频夺冠，戏剧书文满案。石桌诗楼变，主盟蕉埭持躬健。

惜分飞·陈祥榕烈士赞 (刘弇体)

　　骄子戍边争寸土，钢铁铸、忠诚精武。号角边关怒，挺身而出英名著。　　稚容人在金瓯固，清澈爱、倾情慈母。可恨阿三虏，企图侵略阴谋恶。

惜分飞·同学聚会 (张先体)

　　欢聚层楼重逢晏，残照里、金樽乐劝。齐话校友童伴，跃龙门或回乡贩。　　寄梦追云经世面，终悟得、浮华是幻。唯有岁月难返，倚栏临水声声叹。

惜分飞·临江楼 (《梅苑》无名氏体1)

　　易逝时光天地老，仔细看、上杭花娆。最是朱毛好，帷幄人来、远瞩高瞻妙。　　直上龙岩君更早，勇迈步、从头越了。胜利红军报，三折回澜、送爽金风绕。

惜分飞·悼赵玉林吟长 （《梅苑》无名氏体2）

左海宗师传驾鹤，满襟泪、诗坛后学。痛失书香约，悼孟犹见真情、童心索。　　命友开尊闲小酌，展翰墨、千金一诺。对景写山岳，爱人硕德宽怀、修文卓。

孤馆深沉·河南雨 （权无染体）

河南雨泛滥难排，云遇百年哉？奈际会烟花，地铁水来，人逝群哀。　　失重视、自然规律，总把祸根栽。问之责、郑州殷鉴，未燃防患防灾。

注：2021年7月，台风"梅花"来袭，郑州地铁雨水漫灌。

促拍采桑子·梅 （朱敦儒体）

冰洁孕香胎，想瑶池、枝影书台。悄然伴月，依然入梦，诚引蜂来。　　又是东君催玉磬，艳春寒、无染尘埃。遥遥驿路，潺潺水畔，独放天涯。

怨三三·打工客 (李之仪体)

清宵有梦忆当年，独自南迁。扛家靠父背和肩，念儿女、此心煎。　　凭娘教子田边，似劳燕、分飞挂牵。正泪眼无眠，何时归去，再聚堂前。

使牛子·乡恋 (曹冠体)

薄衾怎奈寒窗月，惊梦亿窗数叶。纤笔写乡愁，难忘家山柚柑橘。　　翠瓜冷浸砂壶热，茶罢心神转活。奈路远天长，默写相思添手札。

折丹桂·八一赞 (王之道体)

南昌起义军旗树，铁马金戈路。挥师南下聚朱毛，脱困境、三军组。　　长征抗日初心固，疆国人民护。救灾除险见真情，好子弟、英名著。

竹香子·感慨 （刘过体）

入眼流宽船载，忆想那年出海。人人脱下外衣裳，个个争游快。 匆匆岁月不再，这发斑、也已难盖。诸多俗事误天真，仅剩些儿感慨。

城头月·七夕 （马天骥体）

城头月色如银泻，恰似清新画。乞巧针头，瓜前礼拜，总是心儿挂。 鹊桥成渡天恩赦，解渴相思话。自是佳期，深盟许记，唯此情难跨。

四犯令·南台十景 （侯真体）

夕照南台如画美，月月开新蕊。为寄乡愁诗词里，遥岸阔、东风醉。 烟雨江郊芳草翠，潮涨龙潭水。十景闽中堪胜地，能着意、留精粹。

醉高歌·三桥渔火 (姚燧体)

月光渔火星天，碧影浮舟入眼。三桥漫步身心健，巷陌台江浪漫。　　笙歌水榭无眠，浦里场中曲馆。人生幻化知冷暖，不负春风两岸。

黄鹤洞仙·银浦荷香 (马钰体)

银浦溢荷香，鱼乐莲池畔。风吹花儿泛曲塘，防疾患，去暑人人赞。　　普度佑祥康，择径祈求善。巧配汤头护此身，疗病患，妙手回春赞。

破字令·钓台夜月 (《高丽乐志》无名氏体)

大庙三山列，夜钓台、银辉如雪。扬帆千舸竞风流，野桥虚阁月。　　江涛暂引虾鱼鳖，白龙游、瑞明天阔。道云梦里，渔樵惠泽，一心通达。

花前饮·越岭樵歌 （《古今诗话》无名氏体）

牧童鸣笛出山荫，有清越、歌儿声品。岭上樵子兄，敢与我、花前饮。 老树从容草床寝，木香透、岩兰幽沁。且忘天色迟，恁放浪、摘地锦。

云轻淡，雨萧疏，
　帆影送耕渔。
舒桃丝柳戏游凫，
　礁屿草舒舒。